欧阳国　著

身体里的石头

百花洲文艺出版社
BAIHUAZHOU LITERATURE AND ART PRESS

图书在版编目（CIP）数据

身体里的石头 / 欧阳国著. –– 南昌：百花洲文艺出版社，2021.6（2021.7重印）
ISBN 978–7–5500–4197–4

Ⅰ . ①身… Ⅱ . ①欧… Ⅲ . ①散文集 – 中国 – 当代Ⅳ. ①I267

中国版本图书馆CIP数据核字（2021）第037679号

身体里的石头

欧阳国　著

出 版 人	章华荣
选题策划	胡青松
责任编辑	余丽丽
书籍设计	方　方
封面插画	李路平
制　　作	何　丹
出版发行	百花洲文艺出版社
社　　址	南昌市红谷滩区世贸路898号博能中心一期A座20楼
邮　　编	330038
经　　销	全国新华书店
印　　刷	南昌市红星印刷有限公司
开　　本	889mm×1230mm 1/32　印张 8.25
版　　次	2021年6月第1版第1次印刷
	2021年7月第1版第2次印刷
字　　数	140千字
书　　号	ISBN 978–7–5500–4197–4
定　　价	48.00元

赣版权登字　05-2021-130

邮购联系　0791-86895108
网　　址　http://www.bhzwy.com
图书若有印装错误，影响阅读，可向承印厂联系调换。

前面的话

    培养江西文学后备力量，让江西文学队伍呈现良好的梯次结构，从来就是江西作协的工作重点之一。

    2020年开始，这一工作有了一个具体的名称："青苗哺育"工程。

    编辑出版"江西8090·重点作品创作扶持项目"丛书，是组织实施这一工程的重要举措之一。

    我们这一工作的目标，是出版一套1985年1月1日以后出生的、已经取得了一定创作成绩、有了初步创作风格的青年文学作者作品丛书，以此检阅和展示他们的创作成绩，打造一支属于江西的文学梦之队。

    今年8月初，我们向全省公开征集书稿。征集工作得到了许多青年作者的响应。有十四位江西青年作者参加了应征。

    我们组织了文学评论家、知名作家、诗人进行评审。李杏霖的小说集《少年走过蓝木街》，欧阳国的散文集《身体里的石头》，丁薇诗集《波澜后的涟漪》、刘九流诗集《到处都是蛙鸣》、林长芯诗集《流水和白马》成功入选。

    这五位作者，都十分年轻，他们最大的出生于1986年，最小的出生于1997年，才23岁。

这五位作者，已经有了一定的创作成绩：他们有的在重要文学期刊发表过组诗、散文和小说作品，有的参加新概念作文大赛等征文活动获奖。

他们的作品集，已经呈现了很好的潜质，比如从李杏霖的小说中，可以看出她已经有了很好的文本意识和语言的驾驭能力；刘九流有相当明确的主题意识；林长芯的诗歌，显示了他与世界已经建立了良好的交流通道，并努力谋求传统和现代在诗歌中的和解；丁薇的写作，努力拓展个人的精神边界，已经有了较为明晰的美学风格；欧阳国的散文，充满了对故土的深情凝视和对亲情的惦念，显得无比疼痛与哀伤。

毫无疑问，他们还有很多不成熟之处，但我们从他们的作品中看到了他们的追求，他们的潜质。这追求和潜质让我们欣喜和期待——

期待他们能拥抱更辽阔的生活旷野，树立更大的文学雄心，冶炼更加纯粹的文学技艺，抵达更高的文学境界。

期待他们乃至更多的江西青年作者，这依然柔嫩的青苗们，能早日长成江西文坛乃至中国文坛的高大乔木。

江西省作家协会

2020年11月

疼痛中寻找一道光（自序）

　　我不得不首先提及我的母亲。就像给这部散文集取书名一样，最终确定为《身体里的石头》，也是因为我母亲的缘故。

　　这半年，我经常梦见我母亲。她年轻时美丽动人的样子，她斜风细雨中羸弱的背影，她弥留之际疼痛不堪的表情……我手机里有一首藏族歌手降央卓玛的歌曲《慈祥的母亲》，每天上班和下班途中，我只循环听这一首歌，听着听着，我就会情不自禁泪流满面。

　　我在创作《身体里的石头》《消失的房子》《万物生长》时，常常是三更半夜，泪水如雨滴一样掉落在键盘。因为悲痛至极，我常常不得不中止写作。夜深人静，我怕自己的哭声吵醒妻子和孩子，于是我跑出家门，一边不停地哭泣，一边绕着小区拼命奔跑。黑夜中，一只凶猛的野兽在我胸前横冲直撞，一条汹涌的河流在我身体中奔腾咆哮。在孤寂的黑夜中，我更加深切体会到，死亡是一条悲伤的河流，所有沉重的哀痛都要活着的我们来承担。

　　年过三十而知秋，我开始相信命运，也似乎明白世间万物都逃脱不了盛衰与生灭。我由沉默变得更加沉默，由小心变得更加小心，由隐忍变得更加隐忍。我不再侃侃而谈，不在别人面前吹牛，不再谈理想，也无所谓希望。生活的一切开始变得释然，变得简单，变得明朗。我开始明白，自己从哪里来，将要到哪里去。这一切都缘于自己到了中年，缘于我的母亲离开了我——我的人生只剩归途。

我在一家医院工作，这里是一个见证生、老、病、死的道场。医院，是生命开始的地方，也或许是死亡终结的地方。在医院，我每天都在近距离触摸生、老、病、死，它们是任何一个生命都无法回避的问题。正如史铁生说，死亡是人生的最后一个节日。

尘土，终究复归于尘土。我们每一个人都终将化为灰烬，与大地融为一体。我们唯有怀着"向死而生"的态度坚强地活着，在绝望中寻找希望。

向死而生，是一个重大的死亡哲学问题。德国哲学家马丁·海德格尔在《存在与时间》用理性的推理详细讨论了死亡的概念，并最终对人如何面对无法避免的死亡给出了一个终极答案：生命意义上的倒计时法——向死而生。

生活足以让我们疼痛，余生还将足够让我们疼痛。生活，让我们变得遍体鳞伤，但我们身体的伤口，都将化作美丽的花朵，长出坚硬的翅膀，成为我们身体最坚强的地方。

我喜欢江子老师讲的"逼近现实，让词语在隐痛中发光"。我始终坚信，文字是永恒的。它可以穿透世间万物，比如坚硬的磐石，还有我们柔软的内心。写作是在疼痛和欢喜之间耕耘，创作过程中，我经常欣喜若狂，也经常泪流满面。写作，是对身体和灵魂的考量，它让我内心变得愈加孤独，也变得愈加刚毅。我就像一只黑暗中寂寞的蚕，吐丝为茧，将自己死死裹缚其中。我希望自己化茧成蝶，努力在晦暗中寻找到一道光芒，让文字在剧烈疼痛中，在灵魂深处闪闪发光，用它温暖辽阔的精神世界。

《纽约时报》畅销作家詹妮弗·尼文在她的小说《所有明亮的地方》封面写道："你是我生命中的那道光，让我有了活下去的勇气和希望！"

我的母亲和我的文字，都是我生命中那道光，是我心中最明亮的地方。她们在照亮我漫漫归途。

谨以此书献给我亲爱的母亲，慰藉我们忧伤的身体和疼痛的生活。

是为序。

欧阳国

2020年1月于江西吉安

目
录

目｜
录

第三辑｜向善之美

第一辑

向死而生

子宫的秘密

女人的子宫，给女人绝望，也给女人希望。

因为子宫，耄耋之年的英住进了省人民医院。这是一件多么丢脸的事情。该死的子宫，难以启齿的子宫，让活到全身基本被黄土掩埋的英抬不起头来。

英静静地躺在离自家菜地200多公里的生疏城市，药水不停地流进她脆弱的身体，昏暗的灯光，白色的床单，充斥药水味的空气，让她难受不堪，惴惴不安。英是在太阳刚刚下山的血色黄昏，突然倒在屋前菜地的。这一畦肥沃的菜地从英十五岁来到刘家就一直伴随着她，就像依附身体深处神秘的子宫似的，菜地是英每天都离不开的，和自己最亲密的。

春天，一颗颗种子随手扔下，生根、发芽、长叶，精心料理，浇水施肥，理所当然会生长出各式各样的蔬菜。英老是这样想：子宫和菜地都是属于女人的，一个为男人传宗接代，一个需要女人辛辛苦苦耕耘一辈子。年复一年，菜地照常绿意葱葱，生机勃勃，而子宫就不一样了，和身体其他生理器官一样，它一天天走向衰老。

更可怕的是，一头凶猛的野兽已经鲁莽地钻入了英衰老而脆弱的子宫，肆无忌惮地吞噬着英。

死亡，是自然之中再普通不过的凡庸之事了，就像子宫孕育生命一样，生死是万物发展的自然规律，顺其自然的死亡，和出生一样司空见惯。

耄耋之年的英当然知道生老病死是人之常情。死亡，是任何一个生命都无法回避的问题，是每一个人的归宿。这一辈子，英目睹过太多的死亡，她也早已麻木，亲戚乡邻，年老者自然而去，年轻者猝然离世。照理来说，死亡对英而言并不陌生，并不可怕，也并不遥远。但是，突然倒下的英却不停地颤抖起来，她感觉到前所未有的害怕，是害怕死亡，还是害怕疼痛？归根结底，英是害怕在疼痛中死亡，垂死挣扎的凄凉，漫长而痛楚。她是希望自己安然而去。

事实上，几个月前，英的子宫就开始有白色或血色排液，稀薄如水，她伸手触摸，感觉一丝一丝的黏稠。英起初并没有当一回事，或缘于难以启齿的私密，她选择埋在心底，要知道，村里的赤脚医生是自己的侄子辈。她不好意思也不敢和老头子说，她不好也没机会和女儿说，因为她们要么在外面打工，要么在城里带孩子，她不可能也不会和儿子儿媳说。总而言之，英为自己不争气的子宫，为刘家传宗接代的子宫，现在满目疮痍的子宫，开始坐立不安。她每天照常洗衣做饭，挑水砍柴，料理屋前那一畦菜地，直到自己突然倒下。

英眼睛不停地盯着吊针一滴又一滴。每一滴药水都让她感到心悸，她紧张得不得了；每一滴药水又让她感到略有心安，因为它可以让自己离死亡慢一点，再慢一点。她当然不知道，每天流进自己身体的是一种叫作"康莱特"的抗癌药物。英只知道这东西很贵，她心想，这不就是水吗？村庄河里哗啦啦的流水自个要多少就有多少。

英安静地躺在气氛凝重的医院，一个平日精神抖擞、身体健朗的老人，现在就像霜打的秋茄子似的，脸色苍白、面无表情，病痛的力量是无形而巨大的。她感觉自己陷入了一个无底的深渊，深不可测的黑色洞穴，一点一滴活活把她填埋。

陪伴英的是自己丈夫。今年82岁的丈夫走路歪歪扭扭，每走一步都给人重力失衡的感觉，一不小心就要翻跟头似的。老人咳嗽得十分厉害，每咳一次都像即将散架。英住在肿瘤中心四楼病房，丈夫不敢乘坐电梯，从来没有出过远门的老人害怕进了电梯会出不来，每次下楼老人都是扶着栏杆一步步往下挪。一日三餐，丈夫小心翼翼地给英喂饭，老人老眼昏花，双手发颤，几次都把米饭散落在地上。英吃上几口就不想吃了，实在是没有胃口，她不停地摇头。丈夫性子马上就来了，他呵斥了几句英，她又乖乖地一口一口吃，强迫自己将米饭咽下去。

英是不识字的，偌大的医院，四通八达，就是没有生病也晕头转向，分不清东西南北。男人是有方向感的，虽然老了，但好歹识字，总比英强。每天，两个老人相互搀扶着走出病房，呼吸新鲜空气，晒一晒温暖的阳光。缓慢下楼上楼，一步步穿过人群，英都紧紧地拽着丈夫的手，她害怕一放开就再也抓不住了。她隐隐约约感受到从未有过的幸福感和存在感。她有时甚至怀疑眼前一切的真实性。

丈夫当然不是一个好男人，他脾气暴躁，动不动对英拳打脚踢，英没少吃他的拳头和巴掌。英一辈子没有真正为自己活过，她的日子里压根儿找不到自己的影子。她一辈子都是在丈夫指手画脚下过日子的，丈夫说什么是什么，往东就不敢往西，往南就不敢往北，盛半碗米饭绝不敢多添一粒。英的生存之道便是学会逆来顺受，忍气吞声，她常常躲在灶台后暗自哭泣。女儿长大了，她就跑到女儿家哭，哭得稀里哗啦，哭得地动山摇，哭完了又乖乖地回去。

唯一让英抬得起头的就是自己的子宫，它历经漫长磨难，经受无数嘲讽之后，终究为丈夫生下一个儿子，让刘家添丁，让刘家香火得以延续。十八岁生下大女儿，之后六年的时光里，不听使唤的子宫接连又生了两女儿。"三朵金花"叫起来朗朗上口，看上去很美，却成为村庄很长一段时间的笑柄。丈夫开始对英拳打脚踢，打得青一块紫一块，隔三岔五还用扫帚把英赶出家门，破口大骂英长了个没用的子宫，尽生女娃。英只会死命地哭，撕心裂肺的哭声回荡山谷，伴随潺潺河水走向远方，继而消失。英一点都不恨丈夫，他不朝自己出气，还能朝谁出气呢？她只能恨不争气的自己，恨自己长了一个没用的子宫，不听使唤的子宫，怎么人家一个个生男娃，自己却一股劲生下了"三朵金花"。要是老四还是一个女孩，英的日子会怎么样呢？目不识丁的英想过这些问题吗？只有她自己心里清楚。

丈夫的身体显然比英差得多，尽管一辈子没给英好脸色，尽管过去明目张胆和别的女人过日子，但老了，终究还是要靠自己女人照顾。丈夫希望英比自己晚走，这样英就可以照顾自己，但事与愿违，丈夫如意算盘失算了。

医院就像早晨繁忙的菜市场，永远不缺病人，谁都不想自己生病，没有人愿意自己进医院，但人活一辈子谁没有病痛？狭窄而晦暗的病房摆放着四张病床，英的病床依靠着窗户。天气晴朗时，太阳可以照射进来，落在英干瘪的脸庞上，恍若深秋的太阳打在田野已经枯萎的作物上，毫无生机，安静而麻木。床位是英在省城工作的外甥联系的，在搬入病房之前，英已经睡在走道的临时病床上整整一个多星期。走道上人来人往，嘈杂而混乱，英就像静静地摆放在博物馆的陈品一样，供来来往往的人参观，这种感觉让她难受至极，她老感觉每一个人都在嘲讽自己，对自己指指点点。英巴不得将自己的头隐藏在被窝中，从世界瞬间消失。英感觉惭愧至极，无地自容，这都是子宫惹的祸。

丈夫倒是显得十分从容，没有表现出任何焦虑不安。一开始，英还老担心，丈夫一定会责怪自己，都快死的老太婆了，怎么还得这种见不得人的病。但是，丈夫非但没有说自己一句，还每天无微不至地照顾自己，这让英感到很不自在，很不舒服，很不适应。她暗自感激丈夫，要是没有他强行要求治疗，或许自己现在依然躺在家里，在潮湿的病床上等待死亡。

英倒下的那个黄昏，丈夫抖颤的手拨通了远在10公里外的大女婿电话。女婿急急忙忙赶过来，拨打了120。乡镇卫生院听说是八十岁的老人，怎么也不愿意派救护车来接。女婿只好开着摩托车把岳母送到镇卫生院。摩托车路过村庄，翻山越岭，不断地喘气缓慢爬山后熄火，又一股劲地迅速下坡。一路上，英死劲地抱住女婿，生怕自己一不小心从摩托车上掉下来。英看着远处黑乎乎一动不动的大山，再看看近处一棵又一棵快速后移的杉树，她心扑通扑通地跳个不停，几次叫女婿开慢一点。过去，英都是一步一步走到镇上的，走一趟就要一个上午。她在想，自己身体没什么大碍的，人老了，难免会有不舒服。但医生不这样认为，事实也不是英想得那么简单。

乡镇卫生院吊了一夜盐水的英，第二天一早就稀里糊涂地被救护车送到县人民医院。她被带到妇科检查室，一个年轻女医生走进来，叫她脱掉裤子。英开始没有听清楚，女医生又说了一遍，英站在那里不知所措。女医生又大声说了一遍，英明白后开始手忙脚乱地解开裤子，可能因为过于紧张，也可能因为用力太大，裤子的纽扣散了，叮当一声掉落在地板上。英弯腰捡了好几次才捡起，像爱护宝贝一样，将扣子放进了裤兜里。年轻女医生瞧了瞧英，紧接着将戴手套的手伸向她下身。英有些猝不及防，还从来没有人这样看过自己下半身，更不用说用手不停地去触摸。

年轻时，英和丈夫都是在乌漆墨黑的夜晚直奔主题，而立之年后，丈夫和村子里的另外一个女人好上了，就很少碰英。长夜漫漫，英寂寞的子宫焦急地等待着入侵，一串串灼人的火焰在她子宫里剧烈燃烧，愈烧愈烈，越烧越难受。她多么渴望丈夫从别的女人床上回到自己身边，用一盆冷水扑灭自己身上的火焰。她又觉得恬不知耻的丈夫太肮脏，哪怕是自己难受死了，也不再碰他。英也时常会想到其他男人，她越想越害臊，越想越害怕，慢慢地就在恐惧中入睡了。更年期之后，英逐渐不再想男女欢爱之事了。到了耄耋之年，英早已忘记自己拥有一个子宫。让英没有想到的是，快要死的人了，自己又找回了子宫。沉默了一辈子的子宫，到老了终究还是爆发了。不但英惦记自己的子宫，丈夫也围绕着英的子宫团团转。这会不会是丈夫自己年轻时造的孽呢？

年轻女医生的手不停地游离于英的下半身，左一下，右一下，上一下，下一下，捉弄得英胆战心惊，她想开口问一下医生自己的病要不要紧，话到嘴里又咽了回去。她是怕医生听不懂自己的话，也不好意思去问一个小姑娘。折腾了大半天，年轻女医生出去了，叫了一个年龄大的医生进来。老医生戴上手套，娴熟地将手伸入英的下身，死劲地扭了一把，再用力按压了几回，将手套扑通一下扔进垃圾桶，出去了。

英被大女婿带回村庄了。县人民医院的诊断是，英得了子宫内膜癌，已经是晚期了。大女婿当然没有告诉英，也没有告诉岳父。英没有问女婿，她大概也知道怎么回事了。这些年，村子里和自己同龄的人陆陆续续离去，能够活到这把年纪英已经知足了。英不再有任何奢望。只是，英老在想，死亡会不会很疼痛呢？有痛的话，又会是怎么个痛法？英目睹过不少鲜活的生命悄然而逝的全部过程：从猝不及防倒下，到病榻上痛苦的呻吟，再到垂死时求生若渴的挣扎，还有入土时的无限悲凉。一个个短暂而漫长的过程，宛如一条粗长苍莽的藤条纠缠着一棵幼嫩的树。英表面平静如水，内心却焦躁不安。她一回到村庄，就迫不及待地拖着虚弱的身体走向菜地，才出去两三天，英就感觉菜地荒芜了，她要赶紧给蔬菜除草、浇水。

女婿把岳母得子宫内膜癌的消息告诉妻子。女儿并没有过多反应，她只是嗯了一声，继续洗她的衣服。大女儿身体一直不太好，长年累月服药，吃下去的药有几十箩筐。花甲之年的她，身体还没有母亲硬朗。可能和丈夫一样，觉得母亲八十多岁了，总有老去的一天。所以，女儿对母亲的病情并不在意。她给在外务工的弟弟妹妹一个个打电话，轻描淡写地说，妈得了癌症，已经是晚期了，恐怕过不了年。

时值初冬，天气转凉，村庄的田野一眼望去，辽阔无比，唯有稻草人参差不齐地站着。缕缕炊烟袅袅娜娜地升起，在渐浓的暮色中不停地盘旋，继而消失得无影无踪。

这是一个充满凄凉的时刻，这是一个毫无生机的时节。

此时，南方工厂刚刚迎来一年中最为繁忙的日子，车间里的生产线不分昼夜地拼命轮转着，人和机器一样一刻也没有停歇。儿女们都一门心思想多赚钱回家过年，似乎对英的病情不太上心。在左邻右舍的议论中，"癌症"这个尖锐而刺耳的词语，很快传到了英的耳朵。就在两个月前，村小的王老师因肺癌离去，从确诊到离开，仅仅只有一个半月的时间。村里的人都说，王老师是被癌症吓死的。大家说得十分轻巧，感觉死亡和自己没有任何瓜葛似的。然而，死亡也许很近，很突然，也很迅速。当死神真的降临时，一切都变得沉重起来。

比如，现在的英，她的心扑通扑通地跳动着，感觉坐也不是，站也不是。她像一摊软泥一样倒在了病榻，一动不动，再也起不来了。潮湿而陈旧的床陪伴了英的一辈子，依然氤氲着她和丈夫年轻气盛时的情意绵绵，而更多的是残留着她几十年独守空房的无奈和痛楚。从豆蔻年华到耄耋之年，这里见证了英简单的幸福和无限的悲痛，见证了四个孩子呱呱落地，又将见证她悲凉而去的全过程。

英彻底崩溃了。她依然是害怕，害怕死亡，害怕死亡之际的疼痛，害怕死后另外一个世界人生地不熟，孤独而无助。英老在想，自己上辈子究竟造了什么孽呢？

肿瘤中心在医院的最西边，建筑外形呈现"U"字形，中间突出，两边缓慢靠拢往里延伸，离肿瘤中心不到百米的两层小屋便是放疗中心，它貌似孤立存在，又感觉无时无刻不牵连着不远的肿瘤中心，仿若"U"字左边不可或缺的一点。肿瘤中心、放疗中心联系在一起，换个角度很容易让人联想到死亡的"亡"字，让人不禁打寒战。一个个躺在肿瘤中心的病人，就像一不小心掉入"U"字形的黑色深渊，无论怎样呐喊与挣扎都是徒劳的，终究无法摆脱命运的安排。

英住进肿瘤中心接受治疗之前，经历了几次波折。省城工作的外甥一个电话，就像救命的一根稻草，让早已宣判死刑的英重获新生。外甥告诉英，她的病可以治疗。英从病榻走向阳光，她看到了无限生机。儿女们不太相信，分明是癌症晚期，除了等待死亡，毫无办法，治疗无非落得人财两空。

英是害怕死亡的，何况有了生的希望。英想告诉丈夫，但是，她几次欲言又止。丈夫读懂了英渴望的眼神，她终究是自己的妻子。

死亡，是唤醒良心的一剂良药；死亡，是化解仇与恨的一次治疗。英当然不再恨丈夫，一个善良的将死之人，哪来的恨？丈夫看着憔悴的英，即将离自己而去的英，竟然有说不出的心痛和内疚，他觉得英是多么可怜，自己是多么焦急与无助。远在千里的儿女并未感受到死亡的袭击，他们依然昏天黑地工作着。丈夫终于忍不住了。当孕育自己的子宫面临猛兽吞噬和残害，蹂躏和践踏，一步步走向死亡的时候，怎么能够无动于衷、视而不见？他用尽身体所有的力量，和父亲余年最后一点权威和尊严对儿女大发雷霆。

英被大女婿带到省人民医院。从村庄到乡镇，从乡镇到县城，从县城到省城，一天的路途，二百公里的距离，英通往的是一条求生的光明之道。省人民医院人满为患，和逢年过节的集市没有两样，木讷的女婿也是没有见过世面的农村人，在迷宫一样的医院显然也是摸不清东西南北，每迈出一步都心存胆怯。幸运的是，还有外甥，在省城工作的外甥，一直是英的骄傲。英一直跟随着外甥，眼睛死死地盯着，她生怕一不留神就跟丢。从挂号到门诊，从门诊再到做一系列检查，英并不知道在做些什么。她被叫到了一个光线灰暗的房间，女婿和外甥被拒之门外。望着巨大的机器，她突然感觉十分无助和不知所措。医生叫她躺在机器上面，她不得不乖乖地躺下。接下来，医生也离开了房间，她开始哆嗦起来，内心无比恐惧。英不敢闭上眼睛，这样她会更加害怕。一个巨大的物体向自己的子宫缓慢而来，一股无形的冲击来袭，慢一点，再慢一点，英生怕自己被活活压死。简单的几分钟检查，英觉得比一辈子还长。外甥又把英带到了抽血处，在医生的吩咐下，她笨拙地撸起袖子，双手不停地颤抖。让她欣慰的是针突然扎入那一刻，并没有想象中那么可怕，那么疼痛。英模糊地看着自己的血液流进了一个精致而透明的试管里，越流越多，快满的时候医生快速地换上另外一个试管。医生一只手握住正在抽血的管子，另外一只手轻轻地上下摇晃已装满血液的管子。就这样，英接连被抽了六管血，从抽血室走出来时，她感觉昏天暗地，头很重，脚太轻。

英最终被确诊为子宫内膜癌，幸运的是癌细胞并未向邻近器官及组织扩散。考虑英的年龄太大，不宜手术，医生建议她马上接受放疗治疗。英当然不懂这些，她只记得外甥说自己的病有得治。英舒了一口长气，她的脸上有了久违的笑容，内心按捺不住高兴。

一个疗程的治疗，二十五次的放疗，意味着英需要在医院待一个多月。这个漫长而痛苦的治疗过程，是英开始没有预知的。大女儿疾病缠身，需要有人照顾，女婿不得不回去。再说，女婿来照顾自己，英觉得不太合适，心里也过不去。其他子女呢？好像还是不太关心自己的病情，为了五万元的治疗费，还是丈夫大发一通火，几个子女才把钱凑出来。

英走投无路的时候，丈夫拖着一身老骨头，从村庄来到省城，来到英的身边。儿女一大堆，到头来还是得靠年迈的丈夫来照顾自己。人一辈子，生儿育女究竟是为什么呢？不过，英心里也知道，儿女各自都有难处。大女儿就不用说了，英巴不得自己身体好去照顾她。其他的子女呢？要么在城里带孩子，要么在工厂打工，都有自己的事情，谁都走不开。

　　丈夫的折叠床只有在晚上才能摊开，这是老人从医院门口商店花钱租来的。初冬的深夜，天气有些凉，英时不时转头看看旁边的丈夫，担心他着凉了。丈夫不停地在咳嗽，他和英一样从来没有离开过村庄。十多年前，丈夫还经常跟外甥说，想去省城看看，去见一见世面。这些年，丈夫不再提这件事了。他老是唠叨自己要死了，走不动了，哪也不想去，就在家里等着进棺材入黄土。看着睡在折叠床上的丈夫，英思来想去，心里不是滋味。傍晚，英病床旁边的肿瘤病人刚刚离去，现在只留下一张空荡荡的病床。逝去的病人未到花甲之年，得的是宫颈癌，她没有英幸运，发现时已经是晚期了。英刚搬进病房时，旁边的病人已是奄奄一息了，脸色苍白，下肢肿胀，凶残的肿瘤肆无忌惮地在她身上疯狂扩散，全身衰竭伴随着极端的疼痛。也许，离去对她而言未必不是一种解脱，所以英并不觉得太伤心，也不觉得害怕。深夜，英静静地望着空荡荡的病床，她在想，天一亮这里又将迎来下一个病人。

　　放疗中心周一至周五开放，从早上八点一直到晚上十点，来自全省各地的病人聚集在这里。放疗中心的病人黑压压的一片，却安静得鸦雀无声，大家都安静地等待着。英和丈夫紧挨着坐在等候区，两个老人并没有过多的话。大概等了四五个小时，快到晌午了，终于轮到了英。丈夫陪英一起走进放疗室，呈现在他们眼前的是一个白色椭圆形庞然大物，室内封闭而安静。在医生的吩咐下，丈夫搀扶着英缓慢地登了两个台阶，踏上庞然大物，好不容易才躺卧下来。丈夫给英解开裤子的纽扣，慢慢地给她褪去裤子。英的下半身赤裸裸地暴露在丈夫的眼前，她感觉很羞愧。

丈夫被叫了出去，放疗室的门缓缓关上，英孤身一人留在里面，紧接着庞然大物靠近了英，一束光线照射在英的子宫上面。英慢慢地感觉到子宫在发烫，一种焦灼的疼痛蔓延至英全身每一个细胞。英安静地躺着，子宫内部似乎在剧烈地燃烧。英暗自高兴，那是野马一样毫无束缚的癌细胞正在走向死亡。

生命有痛。面对疼痛，英从来都是默默承受，她不会呐喊，也羞于呐喊。四个小孩出生的时候，英不像其他女人一样哭得撕心裂肺、地动山摇，每次她都是咬紧牙关，一声不吭地挺过去的。肉体的疼痛对英而言是可以隐忍的，因为哪怕是再痛，忍一忍总会过去的。当然，再舒服英从来也不会喊出来。年轻时，丈夫迷恋英的时候，她每次都是被动的，任由丈夫摆布，自己却总是一动不动，身体比僵尸还要木讷。兴奋的子宫从未激发英大声喊出来，当她到了三十如狼、四十如虎的年龄，试图呐喊时，丈夫却从来没有给过她机会。英这一辈子，从没有放纵过自己。

英的一辈子，是忍气吞声的。而立之年后，丈夫和别的女人名正言顺过日子，是巴掌大村庄公开的秘密。丈夫当着英的面，当着子女的面，当着父老乡亲的面，和那个女人下地干活、上山砍柴、上街赶集。英只能装着眼睛瞎了，一声不吭。只有丈夫对英拳打脚踢的时候，她才会悲痛欲绝地哭泣。她实在是不能再隐忍下去了，她不得不哭出来，使出浑身力气长声哭泣，似乎要把聚积全身的疼痛释放出来，把忍受的所有折磨，受到的所有委屈统统释放出来。英热泪肆流，宛如一座瞬间决堤的大坝似的，洪水滔滔，奔腾咆哮，一发不可收拾。

丈夫焦急地坐在放疗室的门口，等待着门被打开。他还是不停地在咳嗽，越咳越厉害。来省城已经是第五天了，但是他还没有缓过神来。对于放疗，丈夫还是多多少少知道一些。几年前，村庄一个年轻人得了恶性肿瘤，因承受不了放疗的疼痛，中途不得不放弃治疗，回家不久后，年轻人就走了。小伙子都无法承受的疼痛，何况耄耋之年的妻子？他想象着，打铁一样滚烫的火苗对准妻子脆弱的子宫不停地在燃烧，难以忍受的妻子正在不停地呐喊、挣扎。他想着想着，不自觉地就哆嗦了起来。他倒是希望里面的人是自己。一个女人，一个老实巴交的女人，如何去承受如此之痛？很长一段时间，放疗室都是静悄悄的，这让丈夫愈加忐忑不安，他担心英出不来，会不会就已经死在里面了呢？他焦急地用力敲打放疗室的门，不停地呼喊英的名字。这时候，放疗室的门终于徐徐而开。

英眼前一片漆黑，要不是丈夫及时搀扶，她可能就倒下了。丈夫左手紧紧地揽住英的腰，两个老人一步一步走出放疗室，小心翼翼地走向肿瘤中心四楼病房。

折磨英的还有糖尿病，她之前根本不知道。上了年纪后，她总感觉自己时不时需要上厕所，整天都处于饥饿状态。尤其是这些年，英开始老眼昏花，看东西模糊。英觉得可能是自己老了，身体难免会有不适。到医院检查时，英的血糖值迫使血糖仪几次爆破。丈夫必须注意英一日三餐的饮食，哪些东西能吃，哪些不能吃，他都记得一清二楚。过去一直是英照顾丈夫，给他端茶倒水，洗衣做饭，他还老是指指点点，说三道四。现在，一切都倒过来了。医院内部有营养食堂，院外门口是琳琅满目的各式餐饮店，为了让英吃得下，丈夫变着花样，不断地给英找好吃的。外面的餐饮店和医院大门相隔一条马路，每次买饭菜时，丈夫都是步履蹒跚而过，不断穿行的车辆让老人感到害怕。英越来越食欲不振，疲乏而无力，这让丈夫束手无策。他一个个餐厅转，琢磨着该给妻子买一些什么，转悠了好几遍才满意而归。

英当然吃不下任何东西，她一天天憔悴，身体瘦骨如柴。放疗，无疑是一种无形而巨大的魔力，摧残着纠缠于英子宫里的一个个活跃的癌细胞，更无情地折磨着弱不禁风的英。她感觉到无法承受的疼痛，但同样看到了生机勃勃的希望。每天，看到丈夫为自己忙前顾后，英有时候甚至觉得，哪怕是现在离开，她也觉得知足了，也毫无遗憾了。

忙碌的儿女也并不是不关心自己。每天，英都会接到他们的电话。电话里头，一辈子话不多的英却不停地安慰起孩子来。外甥隔三岔五到医院探望英，但每一次都坐不了几分钟就匆忙离开。小女儿从南方工厂赶来，给英带来一大堆营养品。天气晴朗，太阳正暖和，女儿给英梳头洗脸，搀扶着英在医院内走动，晒太阳。英的子宫依然还有黏稠的排液，女儿打来一盆温水，给母亲反复清洗。英一点也不觉得害羞。英叫女儿赶快走，要不然就误车了。女儿告诉英，自己下个月还会来。女儿离开后，英躲着丈夫在洗手间偷偷哭泣。英显然是太难受了，瞬间泪水涟涟。

英有时候也老在想，其实死亡也并不是那么可怕，还有什么伤痛自己无法承受呢？死亡，也许不是那么无比漫长，它可能是一念之间，或者就是顺其自然地睡着了，自己必须从容应对。因为，等到死亡真的来临时，害怕与悲伤都是徒劳的。

藏匿在英子宫里面的肿瘤细胞，从肆无忌惮的活跃一步步走向奄奄一息的死亡，从放疗初期的极其不适，到放疗中期的剧烈反应，再到放疗后期的渐趋适应。英终究还是挺过来了。英竭力隐忍的经历，再一次告诉她，身体的一切痛楚都是过眼云烟的。

离开医院时，英突然想到入院时离去的那个病人。她被推出病房那一刻，深深地停留在英的脑海里，成为挥之不去的画面。在亲人号啕大哭之际，她终将化为灰烬，与大地融为一体，这难道不是我们每一个人必然的归宿吗？但是，英一点都不觉得悲伤，也不感到丝毫害怕，经历过生死考验的英，对死亡不再畏惧。

回到村庄的英，一刻也闲不下来，她又开始忙碌了起来，洗衣做饭，捡拾柴火。英又开始悉心照顾丈夫，她感觉听丈夫使唤也是一种幸福。

两个月没有料理的菜地长满杂草，一片狼狈，一些蔬菜早已死亡。英一边用力拔草，一边在想出院时医生跟她说的话。其实，能再活多久，现在对英而言，并不那么重要了。一年半载也罢，三年五载也罢，自己终究是要回归大地。英在想，哪怕是下一秒离去，她都将坦然面对，安静而去。英每天看着太阳照常升起，自然落下。她又回归了乡村生活。

英感觉世界真好，活着真好。子宫让英彻底明白了，什么是向死而生。

如果，有一天，死神真的降临，英会含笑而去。

拦腰的蛇

一

一条特立独行的蛇，野蛮生长在三叔心里。

三叔遇见这条蛇，应该是1992年盛夏。因为这条蛇，三叔似乎感觉有成千上万条桀骜不驯、孤独不安的毒蛇，藏匿在他灵魂深处，让他焦躁而疼痛。

沉睡的午后，村庄因为有知了叽叽喳喳的叫声显得更加寂静和闷热。天空蔚蓝如洗，火辣辣的太阳照射着清澈见底的河流，湍急处泛起一片刺眼的白光。贫瘠而干枯的稻田，像布满了一层层蜘蛛网，裂缝向深处延伸。

烈日下的禾苗，被晒得奄奄一息，毫无生机。

三叔没有午休的习惯。他总是趁大家熟睡的时候，把水渠里的水偷偷往自家稻田里引。三叔个子不高，他蹲在田埂上，好像被庄稼淹没了一样。他整个晌午都全神贯注地看着蜿蜒的河水，一点一滴地流进蜘蛛网般的稻田，慢慢地淹没禾苗的底端，涨满水田。看着水流的整个过程，三叔心里有说不出的高兴。他当然是为自己的小聪明暗自窃喜。

三叔"盗水"的行为，最终被乡亲们发觉。大家都骂他，说他是"短命鬼"。他只是笑嘻嘻地应和，露出少了几颗门牙且暗黄发黑的牙齿。

一场突如其来的短暂降雨，并没有让午休的人们从睡梦中觉醒。这条特立独行的蛇按捺不住内心的寂寞，伴随着雨后的彩虹出现了。它悄无声息地出现，却惊醒了整个村庄，像一股奔腾的洪水冲进村庄，像一阵滔天的大雨袭击村庄。

它是从哪里来的？将要到哪里去？这些不得而知，也不重要。它盘旋在长满小草的田埂上，怡然自得，身上的斑纹美丽至极。它把自己的头抬得老高，甚至高过了禾苗，高过了豆苗，高过了水渠，高过了村庄和世界。这样，它可以自由地环顾整个村庄，整个村庄的世界。它显得如此安闲和自由，就像在凝望久别的故乡，含情脉脉。它的眼睛不是冷酷的，而是温润的，不是凶残的，而是善良的，不是狡诈的，而是友善的。它看到远处茂密的群山峻岭，听见近处河里的潺潺流水……

最终，它把目光投向同样在田埂上的三叔。沉醉于"盗水"喜悦之情的三叔，起初并没有发现一条蛇在注视自己。等他和蛇的眼神交会在一起时，三叔突然跳了起来，大喊一声："蛇！"

沉睡的人们瞬间从美梦中惊醒，寥落的村庄一下子炸开了锅。

男女老少拿起竹竿、锄头、镰刀和蛇皮袋，不约而同向三叔呼喊的方向奔去。

这条蛇隐隐约约感到一股敌意包裹着自己，就像潮水即将吞噬自己。但它并没有方寸大乱，它吐露着猩红信子，向人们示威。它身子稍微一弓，猛地一下就腾跃到了稻田里。它轻盈地穿梭在稻田、田埂、水渠、马路和草丛中，后面紧接着一片追喊。此刻，人们把自家的稻田当作赛场，以百米冲刺的力气奔向它，追逐它。

三叔冲在最前面，他几次差点用锄头压住了它。面对这只即将到手的"猎物"，三叔兴奋不已。他一边奔跑，一边估摸着这条蛇的体重和价格。他的脑海甚至浮现自己提着这条蛇，慢悠悠地来到圩镇交易，大家都用羡慕的眼光看着他。

不过，三叔的愿望最终还是落空了。让他没有想到的是，这条蛇突然冲向田埂的一个洞穴里。三叔眼看到手的猎物就要消失了，举起锄头用力向洞穴口捶打过去，蛇的半截尾巴折断了。

折断的蛇尾巴就像断了线的风筝一样，迷失了方向，它以微弱的力量在做最后的挣扎，慢慢地停止了跳动，奄奄一息，就像一束光最后走向泯灭。

这条蛇，或者说这条折断的蛇尾巴，一直在我脑海里挥之不去。尤其是三叔，这条蛇让他每天心神不定，魂不守舍。村里人都说，这条蛇总有一天会回来报复三叔。还有人说，这条折断的蛇尾巴还会长出一个头来，摇身变成另外一条蛇。

我不应该在餐桌上讲述这个惊险而残酷的捕蛇故事。

这是在广东一次全蛇宴席上。一条条鲜活的蛇，通过蒸、焗、煎、炸、炒、熬、煲等不同的烹制方法，配以各种不同的佐料制作成各款粤式美味佳肴，鲜美可口。

大家看着我，面面相觑，不敢再碰蛇肉了。大家好像看到了一条敏捷的蛇在稻田里努力奔跑。我们都放下筷子，不敢再吃蛇肉，好像用勺子在舀蛇汤时，一不小心就会把当年那条蛇掏出来。当年的那条蛇，似乎可以奇迹般复活，变得生龙活虎，立刻盘旋在餐桌上，在人们的追逐中继续奔跑。

我望着切得精致的蛇肉，想到了折断后微弱跳动的蛇尾巴。它以血迹斑斑的模样，赤裸裸地呈现在我面前，垂死挣扎的凄凉和疼痛，无数次地刺痛我的神经。

这个残酷的事实，就像我们现实的生活，唯有遵从，无法改变。面对走投无路的困境时，我们就像当年那条被追逐被围攻的蛇，使出洪荒之力不断地向前奔跑。最终，我们变得遍体鳞伤，体无完肤。

我们都被现实的生活牵引着，围猎着，夹裹着。我们不甘示弱，企图与命运抗衡和挣扎，企图逃离和重生，努力在微弱的星火中寻找到力量、生机和希望。

我们都是一条被人喊打的蛇。然而，无论我们如何奔跑，都逃离不了命运的束缚。这就是生活。我们平凡的无奈的不安的生活。

我在讲述这条蛇不幸遭遇的时候，无疑流露出对一条可怜的动物本能的善良。不过，事物是辩证统一的，它往往都有相反的一面。

生活，亦是如此。我们面对的生活，更多的时候像一条人类恐惧的毒蛇。也许，我们内心以及凡俗的生活都横卧一条毒蛇。

二

我们的宿命都是，难以摆脱对死亡的无限恐惧和焦虑。即便我们已经被黄土无情地埋葬了，这种恐惧之感依然会萦绕着人世间活着的人。

清明，我回乡扫墓。我们路过三叔孤寂的坟墓，不禁加快了脚步，愈来愈快，好像身后有一只饥饿的猛兽，一个可怕的影子，一股凶猛的洪流追赶着我们。我们翻越山岭，走过群山，安静地坐在北山的山顶，不自觉开始缅怀死者，望着青郁的天际，群山旷渺，南望原隰，遥远处更加遥远，未知的世界更加未知，想到风雨晨昏的世界，四季更迭，万物枯荣，不禁黯然伤神，陷入一片迷茫。

远处，偶尔有些许孤单的鸟儿划过辽阔的苍穹，飞过去，又飞过来。大家谈论一个又一个离我们而去的亲人，他们熟悉而陌生的名字就像骄阳暴晒后的豆荚，轻轻敲打，满地黄豆，活跃舞动。离我们而去的人，他们是轻盈的，若一片一片洁白的雪花，在混沌暝晦中飘落。他们又是沉重的，宛如一块一块巨大的石头，填充着依然活着的我们小小的心脏。我们和离我们而去的人，如山隔如水阻，山高且水远。

在我们的谈论中，三叔的影子由模糊变得清晰，由遥远变得邻近——

三叔目睹了折断的蛇尾巴走向死亡的全过程，短暂而悠长。短暂的是，它的生命瞬间走向了终点，悠长的是，它的灵魂永远在野蛮生长。

三叔将血淋淋的蛇尾巴埋葬在村庄的北山。他像守水时一样专注，花了将近半天时间挖了一个一米多深的地洞。他自己都不明白，为什么要整一个如此深而大的地洞。三叔站立在地洞里，洞口远远高过了他的头部，村庄被隐藏起来，世界被隔离，他抬头只能看到阴暗的天空。三叔感觉一阵寒战，于是他立刻从地洞里窜逃出来。他把蛇的尾巴丢进地洞，用泥土一点一滴将它埋葬。地洞填满后，他不停地用脚踩踏洞口，表面松动的泥土似乎变得坚实无比。

贫瘠的村庄又回归了宁静。不过，三叔的身体里似乎有一片燃烧的火焰在乱窜，有一群活蹦乱跳的野兽在厮杀。和追赶蛇的兴奋相比，三叔整个人有了天壤之别。他先是莫名地在家门口坐了一个晚上，面朝埋葬蛇的北山，缄默无言，神情呆滞而凄悒，一脸惊吓。

同样是在一个宁静的午后，三叔一阵惨叫惊醒了沉睡的村庄。积郁数日的三叔，心气衰竭，血随气涌。一片暗红的鲜血铺在床前，满地凄凉，狼藉不堪。死去的那一条毒蛇，似乎真的如同乡亲们所预言的那样，闯进了三叔的体内，纠缠他的全身。

乡亲们把三叔抬到了镇上的卫生院，没过几天，他自己却晃晃悠悠走回来了。一路上，三叔遇见每一个人都笑嘻嘻的，却始终没有说一句话。他回到家中，大门紧闭。白天，三叔房屋里没有任何动静。不过到了三更半夜，房间就会传来哭泣的声音。三叔的哭声由微弱变得强劲，忽断忽续，像一阵疾风骤雨从天而降，像一片鬼哭狼嚎袭击村庄，沉睡的左邻右舍被惊醒，他们听到惨叫声毛骨悚然，不寒而栗。

我们见到三叔已经是第二年的春天了。他头发蓬乱不堪，满脸胡子拉碴，一身衣衫褴褛。他行走在村庄里，还是笑嘻嘻的，还是一言不发。孩子们见到三叔老远就躲起来，一些调皮的孩子远远地喊他"疯子"，他们捡起地上的石子向三叔身上投掷。三叔并不会生气，他依然是笑嘻嘻的，故意去追赶这些孩子。

没过多久，三叔突然剪短了头发，刮干净了胡子，他和往年一样，开始下地种田，上山伐木。他开始和左邻右舍说话，但话依然不多。他喜欢独来独往，不喜欢凑热闹，从不参加村里的红白喜事。

三叔不再是村里茶余饭后的谈资，一起淡出人们视野的还有那条折断的蛇尾巴。

三叔再次成为村里谈论的焦点，还是因为一个与蛇有关的故事。他的命运，似乎永远与蛇有关。

那些年，电视剧《新白娘子传奇》席卷中国大地。一千八百年前，善良的小牧童从捕蛇人手中救下一条小白蛇，一千八百年后，一条白色巨蟒破山而出，来到人间，演绎了凄美的爱情故事。这个石破天惊的故事，无疑让沉静的村庄变得热闹非凡，大家白天在地里干活，晚上都聚集到村口的小卖部等电视剧开播。因为有村里唯一一台黑白电视机，平日寥落的小卖部，变得十分拥挤。小卖部是刘嫂开的，她丈夫死在了山西煤矿井下，她用丈夫的赔偿金开了这家小卖部，还买了一台黑白电视机。

毫不例外，三叔也沉迷上了电视剧《新白娘子传奇》，他不得不每天光顾刘嫂的小卖部。

寒冬腊月，冷风飕飕。在白素贞和许仙缠绵悱恻、凄美浪漫的爱情故事氤氲下，三叔紧紧地抱住刘嫂冰冷而颤抖的身子，他们的身体由僵硬变得柔软，由冰冷变得温暖。刘嫂从拘谨到放松，从放松到自由，从自由最终走向肆意，她木讷的身体变得如狼似虎，灵活如蛇，轻盈如燕……

三叔好像瞬间奔跑在广阔的田野上，他加快追赶的步伐，心跳加速，脚步急促，节奏愈来愈快。窗外照进微弱的月光，三叔眼前突然浮现曾经奔跑的那条蛇，它轻盈地穿梭在稻田、田埂、水渠、马路和草丛中。三叔死劲地抱紧刘嫂纤细而光滑的"水蛇腰"，他企图伸手抓住这条蛇，但它却一次又一次从掌心慢慢滑走。三叔用力一击，就像当年举起锄头摔打奔跑的蛇一样，他们的身体都瞬间瘫软了下来，猛然间戛然而止，像提琴最后一个和弦，世界跌入沉静。

三叔坐在刘嫂的床前，半晌没有吭声。刘嫂上前去抱住三叔，被他迅速地推开。刘嫂心里永远不会明白，三叔害怕的是她婀娜多姿的"水蛇腰"。三叔从刘嫂家里走出，天色已亮，村庄白雪皑皑。三叔踩在厚厚的积雪上面，咔嚓咔嚓作响，身后留下一串蜿蜒的脚印。早起的左邻右舍从脚印中看出了端倪，三叔和刘嫂的事情由此在村庄慢慢地传开了。

不过，三叔再也没有碰过刘嫂，也没碰过其他女人。他一想到刘嫂曼妙而灵活的"水蛇腰"，脑海里就不自觉地蹦出一条虎视眈眈的长蛇。每当三叔回忆起那一晚风雨交加缠绵的场景，寒战就一个接一个。

最终，比三叔大18岁的刘嫂没有和他走到一起，一场短暂的姐弟恋，没有开始就结束了。左邻右舍七嘴八舌都在说，巳蛇亥猪相冲。

然而，三叔心底沉睡的那一条毒蛇，似乎一夜之间又复活了。他，这一回似乎真的疯了。

三叔又把自己关在了房间里。每到夜深人静的时候，他的哭声若水的呼啸，风的呜咽，雷的咆哮，断断续续，汇聚成一片恐怖，横扫死一般沉静的村庄，淹没黑色的世界。

白天从不出门的三叔，晚上开始出门活动。他行走在黑色的村庄，影影绰绰，像一个可怕的幽灵在飘荡。他一边缓缓地向前走，一边嘴唇微微嚅动，好似在对死去的蛇忏悔。

三叔透过朦胧的夜色，先是钻进邻居家的鸡棚，把一只老母鸡抓回家宰杀后炖汤吃了。第二天，三叔家门口一地鸡毛，一片狼藉。后来，三叔更像一条孤独的蛇，在夜深人静的时候偷偷地游窜村庄，趁着大家睡熟时，把别人家里的东西往自家搬运。精神正常的时候，三叔又笑嘻嘻地把所有的东西还给人家。

大家不再叫三叔的名字了，都叫他"癫佬"。

他得了间歇性精神病，精神时而正常，时而不正常。三叔体内藏匿的毒蛇，在他的世界跌宕起伏，残酷厮杀。

三

三叔命运里潜伏的这一条顽固的毒蛇，是无情的，更是残酷的。

他在弥留之际，也许会想到自己当年奔跑追赶蛇的情景。他也许还会想到刘嫂销魂的"水蛇腰"，她宛若一条美丽精致的长蛇在自己身上时而盘旋昂首，时而蜿蜒游动，时而轻盈起舞。

三叔带着无比的悔意和不舍离开人世，如同当年那条折断的蛇尾巴，像断线的风筝，在渐深的暮色中迷失方向，亦像微弱的星火，在苍茫的时空间缓缓走向泯灭。

三叔的死，和属蛇的刘嫂以及那条折断尾巴的蛇当然没有必然的联系，也不存在任何瓜葛。可是，乡亲们却始终坚信，必定是当年那条蛇闯入了三叔的身体，像妖魔缠身一样，像魔咒附身似的，不仅让他痛不欲生，最后还让他命丧黄泉。

这条毒蛇就像一颗生命力极强的种子，在三叔的身体里生根发芽，慢慢长大，开花，结果。一番芄芄之势，绵绵瓜瓞。这条毒蛇无情地禁锢三叔孤独而自由的灵魂，一点一滴吞噬他瘦小的肉体，直至他静静地躺在冰冷而寒酸的棺材里。这些迷信的说法，让三叔的离世笼罩在一片恐惧之中。

时值秋季，三叔的二季稻熟透了。三叔矮小的身体淹没在金黄色的稻田里，他左手抓住禾苑，右手用禾镰顺势往禾苑上一割，一片有节奏"唰唰唰"的声音。三叔时不时站起来，休憩片刻，仰望蔚蓝的天空，环视小小的村庄，四顾茫然，眼前一片冥暗。他长舒一口气，显然体力远远不及当年，动作也没当年娴熟和利索。

几天下来，三叔的身体仿佛被掏空一样，如泄了气的球，一蹶不振。他全身酸痛无力，脚步沉重。夕阳西下，落日的余晖柔软中夹着冰冷，袅袅炊烟与幽暗的夜色相互交织，笼罩着死一样寂静的村庄。三叔安静地坐在田埂上，蓦然回首，夜色已降临，他内心不觉涌动着无限伤感和无助。他颤颤悠悠地站起来，心里不停地嘀咕着，也许，自己真的老了。

晚上洗澡时，三叔不经意发现自己腰部一侧长满一片潮红斑，上身皮肤分布着黄豆般大小的水疱。三叔并没有在意，以为是白天收割稻子时蚊虫叮咬的。他拖着疲倦的身体躺下，整个晚上隐隐约约感觉到腰部一阵阵疼痛。三叔心事重重，几天都睡得不安稳。

接下来的几天，三叔身上的水疱如春雨后毒蘑般汹涌，如含苞待放花蕾般活力，在他的腰部肆意蔓延，从胸前缠绕至后背，甚至长到了脖子上。三叔开始害怕，他心里似乎明白这是什么。三叔跑到镜子前，身上赤膊，不停地旋转身体，一遍又一遍。他用力把手臂抬起，向上的手情不自禁地不断颤抖，紧接着全身跟着颤抖。他分明清晰地看到，一条蛇缠绕在自己身上，它是多么肆无忌惮，多么凶神恶煞。它宛若一把锋利的屠刀，瞬间就可以将自己的身体一刀两断，它更像一只饥饿的猛虎，慢慢地吞噬自己的肉体和灵魂。

三叔死劲地抓住长满疱疹的皮肤，似乎感觉抓住了缠绕身体的毒蛇，他发疯似的将皮肤往外拉扯，企图把这种猛兽从身体抽出。接着，他又握紧拳头用力拍打腰部和后背，指望将潜伏在身体的猛兽活活打死。显然，这些都是徒劳的。三叔的身体开始疼痛，越来越疼痛，像火烧，像针刺，像刀割，他缓慢地跌入黑暗的深渊中，在沉落中钝痛，在钝痛中绝望，在绝望中消失……

实际上，三叔得的是一种叫作"带状疱疹"的疾病。这是一种由水痘——带状疱疹病毒引起的急性感染性皮肤病。村里把这种可怕的疾病称为"拦腰蛇"。

三叔患上"拦腰蛇"的事情在村庄窃窃私语的议论中迅速传

开。和当年那条蛇出现在宁静的午后一样，狭窄的村庄开始躁动不安，突然变得热闹与膨胀。"拦腰蛇过腰就会毙命。"乡亲们暗地里不停地议论纷纷，他们说得眉飞色舞，说得玄乎其玄，说得口吐泡沫，更多的人流露出谈虎色变的恐惧和不安。时隔二十多年，那条蛇在乡亲们的讲述中，似乎真的已经奇迹般在三叔体内复活了。

我在一个沉静的三更半夜接到父亲的电话。显然，因疼痛陷入孤绝的三叔找到了父亲，委托我捎一些效果好的止痛药回去。在父亲颤抖的叙述中，我感觉到一缕绵长不绝的惨痛，这种惨痛在孤寂的夜色中缓慢流散，继而弥漫。窗外，死水一潭，我隐隐约约感觉到一只面目狰狞的蛇死死地盯着我，我诚惶诚恐，彻夜未眠。

三叔并不是死于肉体上患有"拦腰蛇"的皮肤病，而是死于内心的疾病，死于对死亡的恐惧。一条潜伏二十多年的毒蛇不停地出现在三叔的梦魇中，若泄闸的洪流瞬间淹没村庄似的，来势汹汹，惊心动魄，无法抵御。

这一股洪流我们可以称之为"死亡"。当我们瞬间面临疾病，内心涌现的惶惶不安，忧郁没落，无疑就像一条拦腰的毒蛇，让我们瑟瑟发抖，魂不守舍。

我们害怕无法避免的死亡，就像害怕宁静的午后突然出现的一条毒蛇。与其说，我们在追赶一条渺小的孤独的蛇，倒不如说，我们在驱逐自己内心藏匿的巨大恐惧。

汹涌的洪流背后，往往也隐藏着安静，就像我们永远无法洞察，一条面目狰狞的毒蛇内心常常是孤寂不安的。我们更应该相信：死亡是宁静的，缓慢的，温柔的。它就像天高云淡的秋天，太阳从西边徐徐而落，它犹如一块坚硬的寒冰，在柔软的温水中慢慢地融化。

当我们死了，树上的蝉儿为我们哭泣。

当我们死了，至少还有人为我们流泪。

三叔要是领悟到这些，也许他就还活着，或者不会死得如此突然，那么凄惨。但，这就是宿命。

属蛇的刘嫂现在已是花甲之年，她妖娆的"水蛇腰"不见了，身体变得消瘦而孱弱。她每天都会朝北山望去。

三叔静悄悄地躺在北山，他终于摆脱了拦腰蛇的束缚。

温柔的狼

一

我在赣中的赣粤高速上，一路向南，赶赴井冈山机场，前方是一片通红的余晖，柔和而刺眼。一条突如其来的微信，像一颗同样在飞驰的子弹向我迎面而来，穿透我脆弱的心脏。我双眼模糊，仿佛看到远方涌来凶猛的滔滔之水，以奔腾之势席卷大地，淹没空旷的世界和渺小的我。

这条来自千里之外的微信只有短短四个字和一个句号："姝离开了。"我反复盯着这个简单的句子，感觉一颗子弹一下子变成了五颗子弹，一颗接着一颗肆无忌惮地朝我射击，瞬间就把我击倒。我躺卧在一片鲜红的血泊之中，红色肆意在蔓延和扩张。这种凄凉的红，和寂寞的落日一样的红，红得冰冷。

姝尤其喜欢红色。三年前，她穿着一件红彤彤的连衣裙，突然出现在我们眼前。三个月前，我们为姝送行，她披着一件粉红色的毛衣，慢慢地消失在大家眼前。她熟悉的背影，渐行渐远，最终与通红的落日融为一体。远方由通红变成暗红，由暗红最终走向黑暗。

我们谁也没有料到，这一别竟成了永远。

空气凝滞，黄昏散发着微弱的光线，世界平静了下来。向前飞驰的车辆平静了下来，高速两旁跌宕起伏的植物平静了下来，远处的村庄和山峦都平静了下来……车窗外，是被死亡掏空的缥缈世界，静默的一切显得孤单而苍凉，唯有徐徐而下的落日在做最后的挣扎，似乎依然光芒四射。

我原本计划乘坐傍晚井冈山机场至虹桥机场的航班去探望住院的姝。接到她逝世的消息，最终决定等待她遗体告别仪式时再去上海送她最后一程。我从下一个高速路口转回到国道，把车停靠在马路旁边。我感觉自己的心脏不停地剧烈跳动着，像有一只上蹿下跳的野兽一样，压得我喘不过气来。我把手机通讯录打开，拨打一个一个熟悉的电话，告诉大家：姝走了。对方一个一个沉默不语，我也沉默不语。世界陷入一片寂静。

此时此刻，我乘坐在刚刚开通的昌吉赣高铁上，正在去上海送姝最后一程的途中。我不禁想到三天前取消的那一趟行程。我望着窗外往后移动的村庄，一栋栋孤单的房子，一棵棵光秃秃的树木，寒冬萧瑟，田野一片苍凉，世界一股冰冷……

我呆呆地坐在高铁上，想到姝一个月前说，以后她来江西工作往返就方便了。说这话的时候，姝正生病住院，她以为自己身体很快能恢复。她没有想到，一条温柔的狼潜伏在她身体里，一步步吞噬她，让她离开了这个世界。

她永远也回不来了。

姝死于系统性红斑狼疮。这是一种典型的自身免疫性结缔组织病。姝离开这段日子，夜幕降临，我习惯在小区一圈又一圈走，我冲向恐惧的黑色，脚步急促、内心呐喊。她是轻盈的，仿若一片一片洁白的雪花，在混沌暝晦中飘落。她又是沉重的，宛如一块一块巨大的石头，填充着我小小的心脏。

姝住进重症监护室几天前，她告诉我，她可能回不来了。她问我，你知道有一种病叫作系统性红斑狼疮吗？我多少明白这是一种慢性疾病，需终身治疗，但不会致命。我说，你怎么样？她说，她可能不能再工作了，要提前办理病休。突然一阵寒意，从头到脚袭击我。我颤抖地打出几个字：我到上海来看你。她回复：我生病的样子很难看，十分狼狈，不希望别人看到我。我回复，好吧！等你回来。

没过几天，我得知姝因系统性红斑狼疮并发多器官衰竭，住进重症监护室抢救。我反复给她发微信，你还好吗？但对方一直未回复。我想象着，姝安静地躺在白茫茫的重症监护室，与外界隔绝，没有白昼和黑夜。

一只温柔的狼沉静多年，它终于原形毕露。它愤怒地伸出两只耳朵，竖立灰黄色的背毛，露出锋利的门牙，在姝的身体内肆无忌惮地奔跑，上蹿下跳，狂妄咆哮。即便是一辈子钟爱红色的姝，在这场生与死的拉锯战中，最终，还是败给了看似温柔的狼。

高速列车一路向前，一路沉静。我翻阅与姝微信聊天记录。最后一条信息是她母亲用姝微信发来的。"你好！我是姝的妈妈，今天我怀着万分悲痛的心情，给你发这条信息。姝三年来常提起你，她一直夸你。在她住院期间，你经常发微信鼓励她。她会由衷地高兴。我特别感谢你！"

我手指滑动着手机。姝的一张半身工作照突然跳了出来。姝身穿白大褂，系着一条粉红的丝巾。她化了淡淡的妆，涂抹着淡淡的口红，曲眉丰颊、贞静平和。姝端正地坐着，娴雅大方、面带微笑，一双水汪汪的大眼睛。透过她温柔的笑容，可以看到她心底清澈的一汪泉水。她的笑容像一簇簇微微开放的花朵，既有藏于内的含蓄，又有显于外的坦直。这种独特的微笑，像和煦的春风，又像涓涓的细水。

这是中国医师节医院组织拍摄工作照时，姝生前留下的最后一张工作照。我没有想到，这竟然成为姝的一幅遗照。她的生命永远定格在了四十岁。她独特的微笑成为一种永恒，一个记忆，像我们内心深处涌动的一股甘泉，永不停息。

姝走得太突然了。三个月前，她回去的时候，乘坐的是缓慢的绿皮车。现在，我去送她最后一程，乘坐的是高速列车。我们凡俗的生活，似乎是静止的，也是运动的，既一成不变，也变幻莫测。

人世间，生老病死，世事无常。缓慢的绿皮车是一种人生，高速的列车则是另外一种人生。我们未知的人生，无论快慢，没有长短。

高速列车由昌吉赣线转向沪昆线，由南向北转向由西往东，它驰骋在广袤的大地上，经过城市与村庄，穿过江河与群山，承载着沉重的躯体和生活，以及难以言说的疼痛和矛盾。

我望着窗外，一想到妹，眼前就好像跳出了一只凶残的狼。它隔着透明的窗户，对我虎视眈眈，瞋目切齿，摆出一副要吞噬我的凶猛架势。

我不怕狼，我只是心疼孤独无助的妹。

我不禁泪流满面。

二

高速列车按照既定的路线，一路走走停停，有人上，有人下。车厢内，疲倦的乘客拖着沉重的身体，一个一个昏昏欲睡，似乎在闭目养神，迎接人生的下一站。未知的下一站，是末路穷途的黑暗，抑或柳暗花明的希望。

妹活着的时候，就是乘坐这条西去南下的列车到江西。三年前的寒冬，一个普通的傍晚，妹丢下古稀之年的父母，拉着沉重的行李箱，头也不回离开了繁华的大上海。滚滚人流之中，她毅然踏上K271次列车。这一趟绿皮车的终点站是相距1000公里的革命老区——江西井冈山。当所有年轻人拼命往大城市挤得头破血流的时候，她却逆向而行，选择扎根革命老区扶贫。

姝是一个正宗的上海姑娘，出身书香门第，家境殷实。她骨子里透着独有的精致和气质，全身散发的温柔可以酥到每一个人的骨髓里面。她爱打扮，喜欢描眉、爱涂口红，出门一定要化淡妆。她爱吃零食，每次从上海回来都给大家带来各式各样的点心。

姝是家里的掌上明珠。父母捧在手上怕摔了，含在嘴里怕化了。她从未离开父母，唯一一次远行是十五岁时，和一家人去黑龙江，在当年她母亲北大荒插队的村庄住了一个星期。姝的母亲是老三届，1968届的高中学生，读了一年高中就去了北大荒，一待就是六年。

那一次黑龙江之行，让姝的父母对女儿有了全新的认识。姝高兴得像疯了一样，她和孩子们奔跑在村庄里，弄得满脸泥巴，一身脏兮兮的，哪有一个女孩子的样子。乡亲们格外喜欢姝，她人见人爱。姝一点也不生疏，她嘴巴特别甜，见人就喊，乡亲们给啥吃啥，吃不完还拼命往口袋里塞。

三年前，一个普通的寒夜，黄浦江畔照常灯光璀璨，车水马龙。姝的父亲重病住院。他对姝说，你去吧！到你自己喜欢的地方去。姝的父母内心有万般不舍，但是他们心里明白，姝决定了的事情，绝对不可能改变的。

这就是姝的宿命，并非她一时心血来潮的决定。二十五年前的黑龙江之行，一颗远行的种子就已经在姝的内心深深地埋下。这颗小小的种子生根发芽，野蛮生长，枝繁叶茂。

这颗种子，最终扎根异乡。它化作了一棵每年盛开的红杜鹃。红色，是姝偏爱的颜色。在我们医院人工湖畔有一片杜鹃林，种植了一百余棵各式种类的杜鹃。姝的母亲来江西整理姝的遗物时，医院请她到杜鹃林认领了一棵杜鹃。姝的母亲选择了一棵郁郁葱葱的猴头杜鹃。它坐落东南方向，面朝冉冉升起的太阳。姝的母亲和这棵杜鹃合影，她泪光闪闪地对我说，这就是姝，我会常回来看她的。一棵树就是一个人，树是通人性的，是有灵魂的。每到清明时节，这棵血染的杜鹃必将千姿百态，姹紫嫣红。

火车在寒夜中缓慢穿行，冲破荒无人烟的旷野，奔腾不息的河流，深不可测的隧道。夜色浓黑如墨，姝蜷缩在冰凉的车厢里，姝的母亲在姝的父亲病床前，无声痛哭。一个月后，姝接到母亲的电话。父亲病危了。

弥留之际，姝的父亲用微弱的声音问姝的母亲，姝回来了吗？

姝的母亲回答，她正在赶回来的火车上呢！

姝的父亲又问，火车什么时候到？

姝的母亲安慰说，快了，快了，天亮就到了。

姝的父亲用微弱的目光紧紧地盯着病房的门。夜深人静，病房的门紧关着，世界死一般沉静。他用最后的力气竖起自己的耳朵，听见远处传来熟悉而急促的脚步声，滴滴答答。他拉着病床边的妻子说，我听到姝回来了，你赶快把门打开。姝的母亲看了看墙上的挂钟，才刚过子夜。她悲痛地说，你要是累了，就睡吧！我们不等了。

人走，如同灯火熄灭，暗淡的病房里夹着无限苍凉，万籁俱寂。冰冷的病房，冰冷的世界，白茫茫一片。病房里面一个人走了，另外一个人又进来了。

缓慢的绿皮车，慢得就像一个佝偻的老人，伴随着哐当哐当的声音走走停停。火车——火车，你快跑！火车——火车，你快跑！焦急的姝似乎听到，父亲熟悉的声音从远处一阵又一阵飘过来。

姝一到医院，就把行李箱丢在门诊大厅，她顺着父亲呼喊的方向拼命奔跑。她飞一般穿梭在漆黑的楼道里，跌跌撞撞从一楼到负一楼，再到负二楼。

姝冲进冰冷的太平间，整个身体瞬间瘫软地倒在了父亲的遗体上，她慌乱地掀开覆盖父亲的白布，泪水涟涟地看着父亲的遗容。姝的父亲面容祥和而僵硬，只是眼睛并未闭上。"爸爸，爸爸！女儿回来了！"姝大声哭喊道。那一刻，姝父亲的双眼终于闭上了。

姝活着的时候，并没有和我讲她父亲逝世的事情。这还是姝离开后，姝的母亲告诉我的。我正在驰骋的高铁上，去送姝最后一程的路途中，不禁想到绿皮列车上的姝，为了见她父亲最后一面，她内心会有多么焦急和痛苦。我想到姝病危时说，不让我去看望她，她很快就回来了。当初，我信以为真，现在，只能后悔莫及。这一切，就像一只凶猛的野兽闯进我单薄的身体里面，抑或有成千上万的蚂蚁，游走在我脆弱的心脏，给我万箭穿心的疼痛。

会是一只怎么样的狼，潜伏在姝的体内横冲直撞？重症监护室的姝，唯有一个人与凶猛的狼殊死搏斗。

孑然一身的姝气喘吁吁、胆战心惊。一只温柔的狼在姝的眼前来回穿梭，晃过来，又晃过去，像掠过一把锋利的镰刀，又像燃起一团猛烈的火焰。姝只能孤军奋战，独自与凶恶的狼抗衡，与脆弱的自己挣扎，与不公的命运斗争。最后，筋疲力尽的她，只能无力妥协。

高速列车在黄昏时抵达终点站——上海虹桥站。一切戛然而止，就像离开的姝一样，走完了她短暂的一生，一个人的世界安静了下来。

我看到车站每一个行人都脚步匆匆，一路向前，整个世界却像凝固了一样，异常安静。

三

寒冬的浦东，夜色依然璀璨夺目，处处流光溢彩。世界，并没有因姝的离去而静止不前。从外界的喧嚣，抵达内心的宁静，如同饮鸩止渴，把自己推向一个未知的深渊。动与静，快与慢，暗与明，刚与柔，善与恶，爱与恨，世界万物在稍纵即逝的时光中相互交织，彼此抗衡，像进行一场持久的拉锯战，没有终点，也没有胜败。

我行走在人声鼎沸的闹市，让自己跌入一片沉静中，缓慢下沉，再下沉，最终抵达幽静的黑暗。一片落寞的红，冰冷的红，恍恍惚惚出现在我眼前。茫茫人海，我仿佛看到温柔的姝向我宛然一笑，继而消失得无影无踪。

因为工作原因，我经常出差到上海。姝生病住院期间，我曾两次到过这个陌生而熟悉的城市。有一次，我准备打车去看望姝，被她拒绝了。我不知道，美丽对一个女人究竟有多么重要，但我却知道，姝应该一直在等待我们。她在重症监护室弥留之际，一定像她父亲等她一样，对她挂念的每一个人望穿秋水。她在等待谁呢？她最希望看到的人又是谁呢？我宁愿相信：和她父亲一样，姝实在是等累了，毫无力气了，于是安然入睡了。

姝睡着了。那一夜，我却怎么也睡不着。夜色，终于静下来了。我拉开窗帘，看见耸立的楼宇，笔直的道路和朦胧的黄浦江，它们都仿佛死了一样安静。星星点点的路灯，静静地在夜色中发光。唯有，十字路口红绿灯倒计时的显示在证明：世界没有静止。

我开始躁动不安，反复调整睡姿却始终无法入睡。我在想，此时此刻姝正躺在殡仪馆狭窄而寒冷的冰柜里，她应该很怕冷，很孤独，很害怕。想到这里，我不禁十分心疼姝。我努力克制自己不要想。我要想象，一个温暖的姝，美丽的姝，精致的姝。她红色的裙子，淡淡的妆，温柔的笑容……

躁动不安的还有一只流浪的猫。它凄惨的叫声断断续续，有时响亮，有时微弱，有时来自远方，有时就在近处。凄凄凉凉的声音像一个被抛弃的婴儿在哭泣，若有若无。这种声音持续了一个晚上，它轻而易举地闯入我的睡梦，无情而顽固地绑架了我整个夜晚。

我的梦境里出现了一只凶残的狼，它对我发起进攻，一副凶神恶煞的样子。

正当我和狼拼得你死我活的时候，一阵阵急促的手机铃声把我从死亡的边缘救了回来。我一看是一个陌生来电，犹豫了片刻还是接了。对方带着哭腔大声地告诉我，她父亲快不行了，正在我们医院抢救，求我叫急诊科主任去看看。我迷迷糊糊好像听出了对方是谁，但又不太确定。她的声音太大，给我震耳欲聋的感觉，以至于我不敢把手机紧贴着耳朵听。我瞄了一眼手机显示的时间是凌晨4:32。她继续哀求我，从她的哭声中我听到了医院急诊科抢救现场嘈杂的声音。我有些不知所措，不知道怎么去安慰她。我挂完电话，硬着头皮拨通了急诊科主任的电话。他急忙从床上跳起来，拼命往医院赶去。

我被半夜的电话折腾得毫无睡意。我们每一个人都害怕三更半夜接到电话。深夜的来电，往往关乎生死。我一个人躺在床上，辗转反侧。我又不禁想到，躺在殡仪馆冰柜里面孤独的姝，想到天亮后追悼会的场景，想到姝的亲人哀声痛哭的场景……

半睡半醒中，我被手机短信微弱的响声惊醒。短信是凌晨打我电话的女人发来的，她告诉我，她的父亲脱离了生命危险，非常感激我。我爬起床，感觉一阵阵牙痛，心想是昨晚没有休息好，自己的智齿又犯了。我来到洗手间，在镜子前照了照自己，发现左脸肿得十分厉害，一看明显与右脸不对称。我先是去冲澡。当温水从头顶落下时，我闭上双眼，一会儿想到昨晚的患者抢救成功，一会儿又想到即将参加追悼会的场景，一会儿为活者高兴，一会儿为死者悲伤。这两种感觉像两只怪兽在我身体里拼命对抗，誓不罢休。随后，我开始刷牙、洗脸、刮胡子，一口气吞下两片甲硝唑片，感觉药效不够，接着又吞下一片。

当我从宾馆走出，开始往殡仪馆去的时候，心情不禁沉重了起来。

我从陆家嘴出发，赴上海市宝兴殡仪馆——虹口区西宝兴路833号。天气骤冷，空气湿漉漉的，冷飕飕的。车窗外，飘落着淅淅沥沥的雨水。车内交通广播说，这几天出现"断崖式"降温。从高楼林立的浦东穿过新建路隧道，过了黄浦江就到了虹口区。从浦东到虹口，就像从活力四射的青春年华，走到了精疲力竭的垂暮之年，恍恍惚惚仿若走了大半个人生。我看到，街道两旁的建筑拥挤而陈旧，像一朵已经凋零的花儿，毫无生机。匆匆行走的人们，一个个耷拉着没有任何表情的脸，他们打着雨伞，冲进茫茫人海。

我在十字路口等红绿灯时，一辆救护车从对面道路闪灯疾驰而过，响声刺耳，余音缭绕……

四

上海的西宝兴路，是一个沉重的地方。它意味的是死亡。

"死亡是人生的最后一个节日。"我们每个人一辈子，最终都逃不过"死亡"两个字。西宝兴路街道两旁是狭窄的店面：花圈店、寿衣店、丧葬用品店、公墓办事处。这些简陋的店面挂着破旧的招牌，一些早已摇摇欲坠，像一个人走到苟延残喘的境地，在风雨飘摇中做最后的无奈挣扎。每一个招牌除了打着店名外，还有电话号码，有的特意标注"殡葬一条龙服务"几个字。我看到这几个字，感觉奇怪而冷硬，内心有一种莫名的悲怆之感。

走进殡仪馆，这里并没有静悄悄。综合楼大厅显得有些拥挤，办事窗口排满了队伍。这让我突然想到医院的挂号收费处。我站在大厅有些茫然，不知道往哪里去。我打开微信查看讣告内容，上面写的地址是三楼归园厅。我从左边的手扶电梯到二楼，再到三楼。扶梯上站满了人，我盯着前面一个老人的后脑勺，看到他白发苍苍。我再看了看旁边一个年轻的女人，她挂着一副麻木得毫无表情的脸。

姝的亲属站在三楼归园厅门口。姝的母亲孱弱得就像寒冬里的一片枯叶，颤颤悠悠地站着。她拉着我的手，我嚅动着嘴唇却说不出话。她声泪俱下对我说，姝格外喜欢江西，姝在江西的三年，是她一辈子最快乐的时候，是她人生最有价值的时光。姝的母亲接着对我说，这三年，每天早晨我都会接到来自江西的问候。姝现在走了。你能够代替她，每天在江西向我问好吗？这样，我会觉得她依然还活着。我不断地点头。

姝静静地躺着。她依然是化着淡淡的妆，涂抹着淡淡的口红。她就像睡着了一样，那么地安静，那么地平和，像太阳从西边徐徐而落，又像潮水从海滩上退去。她终于可以解脱了，再也不用和凶猛的狼孤军奋战了。我看到姝的遗像，依然是面带笑容，这种独特的微笑，宁静而温柔，像夏花之绚烂，又如秋叶之静美。

追悼会开始时，姝的母亲突然号啕大哭，她的哭声像子弹一样袭击我，如刀锤心。我听见周围的人都在哭泣，哭声如同激烈而嘈杂的潮水淹没空旷的世界。我感觉有一只凶残的狼在我身体里横冲直撞。伴随着阵阵哭声，我的牙痛开始不断地发作，疼痛袭击我，从头到脚，从局部到全身，我被疼得瑟瑟发抖，感觉自己站不住脚，快要倒下了。

姝依然静静地躺着。单位领导悲痛地念着悼词。她刚开始念到"青山不语，苍天含泪！"时就哽咽了。简短的悼词回顾了姝短暂的一生，出生、上学、工作、死亡……姝的人生在四十岁时突然按下了终止符，像一辆高速列车不知不觉抵达终点，像一首小提琴曲瞬间按下最后一个和弦。

姝是一个美丽而精致的女人，她应当拥有自己的爱情，结婚生子，相夫教子，慢慢老去。但，因为潜伏在身体里的狼，让她失去了爱情，失去婚姻，最终失去了生命。我们不能左右生老病死，也无法选择命运。有些人一出生就死了，有些人得了一辈子病，有些人孤独终生……

不过，弥留之际的姝拉着她母亲的手说，她把人生最后的时光奉献给了革命老区，她觉得此生无憾。

我们唯有直面身体的病痛，就像姝一样，她的一生是和狼战斗的一生。我们每一个人，都面对着一条温柔的狼。温柔似水，但更像锋利的刀。我们小心翼翼地防备汹涌的洪流，却往往忽略平静如水的背后隐藏的暗涌。

我匆匆离开殡仪馆，赶往虹桥火车站乘坐返程的高铁。我的左手搭在肿痛的左脸上，好像这样可以缓解智齿带给我的疼痛。一路上，我想到静静躺卧的姝，想到姝母亲哀声痛哭的场景，牙就痛得更加激烈。

我踏上西去南下的高速列车，疲倦而疼痛的身体瘫软地倒在座位上。我迷迷糊糊睡着了。梦境中，我又遇见一只凶残的狼。它依然对我虎视眈眈，瞋目切齿，一副十分凶猛的样子。黄昏时分，高铁抵达。我走出高铁站时，刚好收到姝母亲发来的消息：你记得上海有个家，常回家看看。

我看见天空湛蓝，夕阳照射在道路两旁郁郁葱葱的树林上，微风悄悄吹过，树影婆娑。我眺望远方，只见夕阳西下，世界红彤彤的一片……

隐疾

一

一条流淌的河流，隐藏着无数的秘密。人的身体也是如此，隐藏在我们身体的暗疾，像一条河流，流向未知的世界。

夏日，烦躁炎热，晌午时分，当大人们都在午休的时候，我们一群孩子悄悄地走出家门，奔跑在鹅卵石铺就的乡间小道，烈日泛着刺眼的白光，风声沙沙作响，蝉鸣声声，树影婆娑。我们赤脚踩在滚烫的石头上，穿过碧绿的田野，高高的庄稼将我们淹没。我们来到河边，将衣服脱得精光，从岸上扑通一声跳进河流，潜伏于清澈的河水中，单调的童年闯进了河流的秘密。

水，是另外一个美妙的世界。我们置身于河水柔软的世界，紧闭双眼、屏住呼吸，肆意游走在河流每一个角落。对河流的熟悉，就像我们对自己身体的掌握，哪里暗藏漩涡，哪里水深水浅，哪里藏匿鱼虾，我们都一清二楚。我们将手伸进水中的石缝或石洞里面，触摸到一个神秘的世界，每次总能摸到一条条润滑的鱼，它们有的瞬间在我们指尖溜走，有的被我们紧紧抓住。有时，我们也会摸到一条长长的粗糙的水蛇，吓得赶快逃离河水，跳到岸上。

我们年幼的身体就像一条灵活的鱼，在水中自由地游弋，从上游到下游，由河的一边到另一边。我们每一寸肌肤都融入水中，与水相融，与水碰撞，激荡出万物生长的勃勃生机。我们终于游累了，浮出水面，气喘吁吁爬到岸上，只见白云在水中缓慢移动，我们影子也倒映在清澈的河水里。

回到岸上，我们一群孩子赤裸站成一排，对着河流进行拉尿比赛，大家都使出全身的力气，像往河里射箭一样。温柔的水，蕴含着巨大的力量。我们的身体宛若一条丰盈的河流，流向另外一条河流，溅起朵朵浪花，掀开一片精彩的世界。童年的时光，就像水溶解于水中，风消失在风中，一去不复返。

尿拉完了，我们每次的规定动作就是捉弄"大卵砣"，大家一窝蜂地围拢他，制止他穿裤子。我们齐声大喊：大卵砣……嘈杂的嘲笑声淹没渺小的村庄，销迹在河水中，常常回荡在我记忆深处。

大卵砣是绰号，他的名字叫水根。水根是我的邻居，比我小两岁，和我弟弟同一年出生。我们一群孩子每天基本是形影不离，上山放牛，下河游泳，爬树摘果子，一起捉迷藏、滚铁环、荡秋千、折纸打宝……

水根皮肤白皙，我们晒得一身黝黑，他却始终白白净净。他有一对特别大的耳垂，像面容慈祥的弥勒佛。我们乡下的说法这是长命百岁，一生享福的长相。

世间万物没有绝对的完美，而往往更多的是残缺。比如人的身体，有的人一出生就患有先天性心脏病、唇腭裂、耳聋、失明、哑巴等等，这些身体先天的缺陷，像一把无形的枷锁绑架人的一辈子，又像一个标志烙印在乡间的土地，直到他们归于尘土。村庄像一枚小小的硬币，有正反两面，一面是善良，一面是丑恶。这些外表看得见的缺陷，或者隐藏在身体的秘密，无疑成为乡间茶余饭后的谈资。看不见叫瞎子，听不见叫聋子，没有腿叫瘸子，精神有问题叫疯子……这些带刺的绰号，像一把锋利的刀子，插入他们脆弱的肉体，带来阵阵疼痛。

这把刀子缓慢地进入水根的躯体，他身体的隐秘成为巴掌大村庄公开的秘密。水根穿开裆裤的时候，我已经懂事了。我们经常蹲在地上玩耍，于是发现他开裆裤里藏着一个庞然大物，像一枚巨大的秤砣，像一个膨胀的气球，又像一只生长在篱笆上已经成熟的南瓜，细看颜色紫黑，血脉清晰可见。这个怪物每时每刻都悬挂在水根身上，当他走路时，它在空中不停地晃荡，当他蹲下时，它几乎就贴近地面，似乎要与土地亲密接触。我对这个怪物充满好奇却心存畏惧，它经常在我童年的梦境中晃来晃去，等我醒来，我赶快摸了摸自己身体，还好它并没有长在我的身上。

水根"大卵砣"的绰号像风一样在村庄慢慢吹散，掀开了他身体最后一块遮羞布，身体的隐疾赤裸裸暴露在世界面前。同时，风也紧闭了水根幼小的心灵窗户，让他渐渐地与世隔绝。

村庄的河流依旧哗哗地向前流淌，每天晌午，我们照例在水里欢快地游荡，只是不知道从什么时候开始，水根再也没有下过水。他只是一个人呆呆坐在岸上。我们把头从水里探出来，对着岸上的水根大声喊：大卵砣……水根默不作声，他往河里扔石头，转身就走了。

多年之后，我才知道水根是先天性睾丸鞘膜积液。只是水根父亲并没有带他去治疗。贫穷，是村庄最大的疾病。在闭塞的村庄，身体的残缺仿若一只猛蛇，无情地纠缠人的一生。他们在风言冷语中偷偷摸摸地活着，有尊严地活着是他们一辈子的奢望。如果说，身体的残缺是一种疾病，那么腐蚀人心的却是隐秘在人身体深处的暗疾。水根懂事后，他开始独来独往，他再也不是水中游来游去的那只无忧无愁的快乐小精灵。他忧伤的身体仿佛是搁浅沙滩一条孤寂的鱼，在风吹日晒之中，暴露了身体的隐疾，干枯了身体的河流。

每年深秋，三更半夜的时候，总有人偷偷地在河流的上游倒下药水。在我们村庄，这叫作"闹长缸"。这种斩尽杀绝的行为，被认为将断子绝孙。毒药在黑暗的河水中慢慢弥散开来，顺流而下，漫延至河流的每一个角落，拉开一场惨绝的杀戮。黎明之际，天蒙蒙亮，村庄男女老少闻讯出动，纷纷从家里冲出，涌向河流，争先恐后在河里打捞鱼虾。寂静的河流顿时像一条热闹的集市，传来阵阵嬉笑和欢喜。毒药像一双魔爪撕开了河流的隐秘，水里所有的生灵浮出水面，鱼虾、螃蟹、黄鳝、乌龟、水蛙、水蛇等等，一扫而尽，全部都走向死亡。有的鱼已经死了，泛着白肚皮顺着河水往下游流；有的鱼奄奄一息，它们张大嘴巴，在做最后的挣扎。中午，村庄静悄悄，太阳暴晒着已经死亡的河流，发出一股浓郁的腥臭味，贯入人的身体，呛得反胃。

村庄是一条弥漫药水味的河流，水根是身陷其中的一条鱼儿。夕阳的余晖洒满水根单薄的身体，他久久站在河畔，望着潺潺流水，眼睛不禁泛着泪光。

寂寞的河流，静悄悄地穿过村庄，也穿过水根孤独的童年。

二

秋冬时节，村庄河水温软，碧波荡漾，川流不息。温暖的晨曦照耀平静的河面，世界闪闪发亮，整个村庄氤氲着柔美的金黄色。

沉静的背后往往暗流涌动。温软的河水，另外一面是凶猛，像一只发怒咆哮的狮子，一副面目狰狞的样子。每年春夏之际，村庄河水暴涨，由清澈变得浑浊，从平静变成急促。村庄的人们都站在河岸上，只见流水夹杂着庄稼、树木、水葫芦、垃圾等等，一路汹涌向前，看不见底的河流，暗藏着巨大的秘密。我凝望滔滔洪水，似乎看到死去的生灵都复活了，它们潜伏在浑浊的激流之中，步步逼近村庄，吞噬村庄。

黄昏，天色暗沉，雨水伴随着风从远处涌来，村庄像被一层层朦胧的幕布笼罩，眼前一片迷茫。河水悄悄地上了岸，淹没田野的庄稼，也淹没一条条乡间小道。放学路上，我们七八个孩子前后排成一个整齐的"一"字形，小心翼翼走在回家途中。我们踏水路，穿田埂，上坡又下坡，雨水打湿了衣裳和书包，流淌在我们身体内。独木桥下是咆哮的洪水，像一只野兽在尽情翻滚，浑浊的河水在巨大的冲击下，溅起一层层高高的洁白的浪花。我们颤颤巍巍踩在独木桥上面，小心翼翼向前迈着小步，脚下犹如万丈深渊。

水根走在最后一个，我们都过桥了，他却突然不见了。因为害怕，我们都紧紧盯着自己的脚下，并没有看到水根是怎么掉到水里的。水中的水根拼命挣扎，双手胡乱狂抓，像与暗藏在河里的野兽厮杀。但，河水很快淹没了水根，他的头慢慢地沉到了水里，最后彻底消失了。只看见，一个蓝色的书包孤零零漂浮在水面，顺着河水一直往下流。汹涌的洪水埋葬了渺小的水根，在浑浊的世界，我们都无法看清事物真实的面目。

水根是不小心滑倒掉河里的，还是自己跳下去的呢？很多年，这个问题一直困扰着年幼的我。我无法寻找到答案，就像无法看清水的世界隐藏的秘密。但我更宁愿把水根想象成一尾鱼，他跳跃到了水的世界，在柔软的水中自由游荡。

闻讯而来的大人，顺着奔腾的洪水在下游寻找，但并没有发现水根的尸体。天色渐渐暗淡下来，黑色袭击村庄，我的大脑不断浮现水根在水中拼命挣扎的场景，在恐惧的包裹下，我逐渐入睡。

第二天，洪水退去，河岸一片狼藉。庄稼被砂石覆盖，树木或连根拔起，或截断树枝，一些破旧的衣服、白色垃圾挂在树枝上，顺着河床的微风轻轻舞动。村民在下游十多公里的地方终于发现了水根，他的身体悬挂在一棵白桦树上，雪白的尸体和树的颜色融为一体。

这是我第一次面对尸体，这个死去的人和我一样，是一个少年。洪水将水根的衣服冲洗得支离破碎，在水的浸泡下，水根变得皮肤蜡白，遍身浮肿。我不由想到被屠夫刮净毛的死猪，一动不动地躺在案板上。这是我朝夕相处的伙伴，这个不妥的想法，让我十分惭愧。烈日暴晒，村庄散发出一股沉郁的腥味和臭气，这是一股死亡的味道，它迎面扑来，钻进我的身体，让我感到恐惧和恶心。

水根躺在几块木板钉成的棺材形状的"火板子"里，上面覆盖着一床破旧的草席。村庄经常用"睡火板子"来骂人，指一个人心肠不好，会打短命。水根没有做任何伤天害理的事情，倒是大家整天嘲笑和捉弄他，他怎么就死了呢？再说，水根长着一副弥勒佛的福相，他应该是长命百岁的。

水根的母亲哭得撕心裂肺，她趴在"火板子"旁边，把头埋在地上，悲痛像一只猛兽折磨着她。她的身体好像瞬间变成一条泛滥的河流，泪水不停地往外涌动。水根的父亲一声不吭，他扛起锄头和铲子，默默地走向村庄的北山。他弯着腰，把沉重的锄头伸向天空，再用尽全身的力气将锄头狠狠地落在地上。他把满腔的悲痛化成无穷的力量，一点一滴开挖一个洞穴。大人把"火板子"抬起，缓慢地行走在村庄小道，穿过茂密的田野，水根的身体高过了地里绿油油的庄稼，甚至高过村庄的屋顶，他终于可以好好看看村庄了。"火板子"在村庄缓慢地移动，跨越川流不息的河流，沉静的水默默无语，水根的身影伴随着时光的流水逐渐远去……

水根离开后，一条河流经常闯进我的梦境，它时而波光粼粼，时而惊涛骇浪。我还经常梦见水根身上的庞然大物，我们一群孩子全身赤裸，在河岸整整齐齐站成一排，一边嘲笑"大卵砣"的水根，一边对着河流射尿。

梦境中，我的身体变成一条充沛的河流，河水泛滥，慢慢溢出河床。在堤坝决口的瞬间，我体会到一种奇特的感觉，这种感觉使我兴奋，更让我害怕。黑暗中，我被身体的激流惊醒，我摸了摸自己的身体，双手感觉一片潮湿而黏稠。

深夜，村庄异常安静。窗外好像有一只龇牙咧嘴的怪兽扑向房间，我感到前所未有的恐惧，全身上下不由自主地瑟瑟发抖。我竖起耳朵聆听窗外的动静，只听见哗哗河水……

一条忧伤的河流静悄悄地流经村庄，穿透黑夜，也贯通我忧伤的身体。

三

在我的故乡赣南，一条叫作章江的河流，还有一条叫作贡江的河流，汇聚在一起形成了江西的母亲河——赣江。

弱冠之年，我顺着赣江一路向北，离开了故乡熟悉的河流，来到赣中的吉安。城市的车水马龙像一条川流不息的河流，既隐藏秘密，又潜伏漩涡。我像一尾迷失方向的孤寂的鱼儿，在城市这条陌生的河流中，东碰西撞，处处碰壁，生活常常让我陷入无尽的孤绝。

盛夏，骄阳似火，城市上空发出孤独的蝉鸣，它的声音焦灼而凄厉，像找不到归途的游子在呐喊。大学毕业后，我被迫搬出学生宿舍，行走在热火的太阳下，像一只迷失方向的蚂蚁，在大地东奔西跑、横冲直撞，拼命寻找自己藏身的蚁巢。我提着行李站在校园，环顾四周，无处可去，眼前一片茫然，一股热浪汹涌袭来，将我死死包裹。

我租住在赣江边一个叫雷家村的城乡接合部，房屋拥挤杂乱，每个阳台都挂满五颜六色的衣服。出租屋内只有四面墙壁，窗外是贯穿南北的京九铁路。夏日炎炎，出租屋热气腾腾，我赤膊躺在地板上，像一条烈日烧烤的鱼，玉米颗粒般大小的汗水不断从我身体涌出。轰鸣的火车从窗外穿过，扑哧作响，它们穿过白天又穿过黑夜，由一座城市抵达另外一座城市，途径一条河流又途径另外一条河流。

身体的河流，离开故乡的水，将走向干涸。一尾鱼从一条河游向另外一条河，都需要适应的过程。我的第一份工作是电视台新闻记者，白天扛着摄像机四处奔波，我的身体像带风一样，轻巧而灵活。拍摄时政新闻时，领导迎面走来，我扛着摄像机对准取景、聚焦和拍摄。我的后脑勺像长了眼睛一样，双脚不停地倒退走。

高强度的体力劳动和无形的精神压力将年轻的我推向巨大的漩涡，我健壮的身体陷入城市河流的深渊。每天，我奔跑在城市，努力寻找生活的光明和希望。在一个骄阳似火的中午，我扛着摄像机在一座正在建设的跨江大桥上采访，脚下是宽阔的赣江，江水碧绿而平静，阵阵微风吹过，江面泛起一片片涟漪。开始，疼痛像江面的微风在我体内缓慢散开，一种下垂的钝痛渐渐把我推向黑暗，风越吹越大，狂风暴雨接踵而至。我艰难地行走在赣江上空的工地，步履沉重，两眼昏花。深夜，我像一堆软泥一样躺在出租屋内，疼痛在黑夜中蔓延。除了身体的疼痛，更多的是精神的焦虑。生活，是一座连绵不绝的大山，不仅压弯人的身躯，更压垮人的尊严。

我拖着沉重的身体偷偷摸摸走进一家私立男科医院，门诊大厅拥挤而嘈杂。我穿过人群，从预检开始，到排队挂号，再到焦急候诊、忐忑看诊……医生诊室挤得水泄不通，大家手里拿着挂号单伸向医生，像在争前恐后抢股票似的。如果身体是一只股票，那么在时间升涨之间，我们永远都是输家。

男科医院泌尿外科门诊医生是一个光头，头顶闪闪发亮，像一面光洁的镜子。他戴着一副黑色镜框的眼镜，把自己装扮得看上去很斯文。但他身上的白大褂陈旧不堪，污渍斑斑，像菜市场门口做拉面的老师傅。光头医生叫我把裤子脱了。我看了看旁边一堆人，犹豫了片刻，但还是脱了。他先是低头仔细打量，然后戴上一次性医用手套摸了摸我的身体。他捣鼓了半天，好像在仔细研究我的生理结构。我心生反感，但只能羞涩地站在诊室中间，一双双陌生的眼睛盯着我，像一股股炽烈的火焰朝向我。光头医生一边给我查体，一边问我，结婚了没有？我说，结了。他又问，有孩子吗？我说，还没有。光头医生嘴里发出啧啧声，一副唉声叹气的样子。过了很久，他终于说，行了，把裤子穿上吧！我急切地穿裤子，转头看了看后面的观众，只看见他们脸上挂着意犹未尽的表情。光头医生翻开我的就医记录册，埋头写病情，他蓝色的笔像在纸上飞一样，胡乱写下一堆潦草的字。这些乱七八糟的文字，我一个也不认识。也许再过几天，连光头医生自己也不认识自己写的是什么。最后，光头医生从白大褂口袋掏出印章，盖在就医记录册上面。他对我说，去验一个血，拍一个核磁共振，再查一个彩超。

黑暗的彩超室，有一个年纪大的女医生，旁边还有一个年轻的实习女学生。女学生叫我躺下，紧接着又叫我把裤子脱了。我看了看女学生，满脸都是青春痘，脸蛋坑坑洼洼的。她表情淡定而从容，让我感到十分惊讶。女医生先是一只手将冰凉的液体涂抹在我身上，随后，另外一只手熟练地操作彩超探头，将它在我身上不停地滑动。

我从超声检查室走出，彩超检查报告单赫然写着：精索静脉曲张。我快步走到洗手间，低头看自己的身体，发现表层血管明显凸出皮肤，像蚯蚓一样肆意曲张，呈团状或结节状。我盯着这些清晰可见的血管，似乎看见一条条蓝色的河流在自己身体中蜿蜒，看似平静，背后却暗藏汹涌。

光头医生对着报告单不停地摇头，手指不停地点在"精索静脉曲张"几个字上面，他十分激动地说，小伙子，你看看，你看看，重度精索静脉曲张，你得马上手术，我们给你做腹腔镜下精索静脉高位结扎术，创伤小、疗效好、恢复快。我说，要是不做呢？光头医生唉声叹气地说，你不做是吧，不做可就麻烦了，你的精子质量下降会导致不育，而且你的睾丸会萎缩，萎缩，你知道吗？我从医生诊室出来，把检查报告单撕碎，扔进垃圾桶，走出了男科医院，嘴里骂道，去你他妈的男科医院。我穿过医院门口，看见地上每隔几米就盘坐着一个算命先生。疾病，常常把人逼向绝境，在走投无路的时候，我们于是相信宿命。医院门口街道两旁是花圈店、寿衣店、丧葬用品店、公墓办事处，我快速穿过这些昏暗的店面，内心涌动着一股莫名的悲怆之感。

我回到雷家村出租屋，上网百度不停地搜索"精索静脉曲张"，诱发因素包括过度劳累、长期久站等等。这是一种血管病变，指精索内蔓状静脉丛的异常扩张、伸长和迂曲，可导致疼痛不适及进行性睾丸功能减退，是男性不育的常见原因之一。近40％的不育男性有精索静脉曲张。

我躺在发烫的地板上，望着旋转的摇摇欲坠的吊扇，眼前一片眩晕，身体里似乎涌动着一条波涛汹涌的河流。我抚摸着自己疼痛的身体，无比怀念死去的水根，对自己曾经嘲笑他感到无比悔恨。黑夜中，水根身体的庞然大物不断地浮现在我眼前，他水中挣扎的呼喊闯进我的梦境。

梦境中，我变成了一尾水中的鱼，欢快地游弋在故乡清澈的河流。但是，浓郁的药水很快像烟雾一样慢慢地侵占河水，世界变得浑浊，我企图冲出水面，但每次都以失败告终。

咆哮的激流把我惊醒。我凝望黑夜，"精索静脉曲张"六个字像笼罩在黑暗中一张缜密的网，把我死死包裹着。

四

生命，是一条川流不息的河流。它越过高山，横跨堤坝，途径平野，一路向前，在起起落落中呈现不同的姿态。我们漫长而短暂的人生，有山穷水尽的绝望，也会有柳暗花明的希望。

随着时间的洗涤，藏匿在我身体河流里的污垢消失了。经过一段时间休息，我的精索静脉曲张竟然奇迹般不见了。

但精神的隐疾却一直伴随着我，它悄无声息地融进我生命的河流。外伤在时间流逝中将慢慢愈合，可是看不见的隐疾，是一串焦灼的火焰，在我们身体肆意游窜，是一只凶猛的野兽，在我们身体横冲直撞。水根的死亡，彻底改变了他父母生命河流的走向。他们的疼痛都沉落到身体的河流之中，河岸上空灰蒙蒙，看不到一片云彩。

水根父亲从此变得游手好闲，他整天喝得醉醺醺的。他身体的河流变得浑浊不堪，把生活腐蚀得穷愁潦倒，日子一片荒芜。几年后，水根母亲生下一个女儿。喝醉酒了，他便对妻子拳打脚踢，破口大骂。水根母亲无法忍受这样的日子，在一个清晨含泪离开了村庄。这些年，我再也没有见过她，只听说她和隔壁村庄的一个男人在一起了。水根妹妹念小学五年级就辍学了，春节刚过，她就跟着外出务工的洪流，去浙江义乌了。村里来的扶贫干部把她从外地找了回来，继续念书。听说，有一天夜里，水根妹妹钻进邻居家的鸡窝，抓了一只老母鸡，杀了炖汤吃。

我对村庄的河流变得陌生起来，河水退却，河床裸露，河底不再隐藏秘密。农药化肥的大量使用，污染了河流，再也看不到一群群鱼虾在河里欢快地游弋。偶尔，我们站在河岸上，等了很久终于发现一只小小的鱼儿在水中，当听到我们的尖叫声，它飞快地躲闪，瞬间又不见踪影。

夜幕降临，河水枯寂。河岸田野的庄稼荒芜了，河堤是枯藤老树，萧瑟芦苇。这里曾经是芳草萋萋，杨柳依依，处处生机勃勃，万物生长，一条丰盈的河流静悄悄流过。现在，村庄一片荒芜，河水荒凉。

今年，我母亲猝然离世，我回到村庄，挨家挨户报丧。我来到水根家里，十多年了，他家还是一层破旧的砖瓦房。旁边家家户户都建了三五层新房，纷纷粉饰墙面，盖上琉璃瓦。水根家墙面张贴了一块蓝色的精准扶贫结对帮扶公示牌，致贫原因是：离异，没有技术特长。公示牌还张贴了帮扶责任人和水根父亲的照片。照片是老照片，水根父亲头顶是大背头的发型，头发乌黑，英姿飒爽，看上去和周润发有几分相似。水根父亲叼着一根香烟从屋内走出来，露出发黑的牙齿，一副蓬头垢面的样子。我扑通一声跪在他面前，得知我母亲去世了，他竟然失声痛哭起来。

死亡，是一条悲伤的河流，所有沉重的哀痛都要活着的人来承担，我们唯有负重匍匐前行。逝去的人只有过去，而活着的我们，还有未知的将来。隐秘在我们身体的暗疾，寂静，尖锐，晦暗，它们日积月累堆积，最终泛滥成滔滔江河。

中元节，我回村庄给母亲烧纸钱。晌午，天空白云纵横，焦灼的烈日烘烤着村庄。我把汽车停在村口的广场上，下车时发现远处的乒乓球桌下面蹲着一个小女孩。一问才知道是水根的妹妹。我走近她，蹲下来问她，你躲在这里做什么？她手里玩弄着几块裸石，一声不吭。

我看着她的背影，似乎看到了水根的影子，也似乎看到了自己的影子。在隐蔽的阴凉处，她像一尾孤寂的鱼儿，把身体沉浸在水中，正在寻找藏匿在河里的秘密。

哭泣的子宫

一

女人的子宫，给女人希望，也让女人绝望。

走进囡的病房，最先看到的是靠窗桌子上摆放的一簇康乃馨，花儿体态玲珑，芳香清幽，阳光温柔地洒落在鲜花上，温馨而充满生机，在阳光的照射下，"早日康复"几个字显得闪闪发亮。囡时不时凑到花跟前，闭上眼睛深情地闻一闻，香气袭人，她缓缓地舒了一口气。

花是女儿送的，女儿不在囡的身边，花是女儿网购的。

不惑之年的囡，怀孕28周时被救护车紧急送到了医院。囡是睡觉前在洗手间梳洗时突然晕倒的，洗漱的杯子"叮当"一声摔下，打破了囡和丈夫迎接新生命降临平静而充满期待的日子。当时，丈夫正在客厅拖地，听到响声，他一边喊囡，一边推开洗手间，只见囡躺在地板上。

医生的诊断是，囡患有妊娠期高血压，并明确是前置胎盘。怀孕20周的时候，囡就开始头昏脑涨，每天都感觉整个世界在旋转，经常眼前瞬间漆黑一片，几次差点站不稳倒下。丈夫用手机不断地搜索"妊娠期高血压""前置胎盘"几个字，眼前反复出现"昏迷""抽搐""大出血""死亡"这些刺眼的词语，让他胆战心惊和不知所措。丈夫心里比谁都明白，前置胎盘就像在肥沃的土地里面播下一颗生命力顽强的种子，一切都将命中注定。因为种子一旦撒下去就死死地固定，野蛮生长，无法移植。他不由自主地设想各种糟糕而令人害怕的结果，一个个胆战心惊的场景浮现在脑海里，他强迫自己不要去想，但越是这样，愈加无法控制。从要不要再生一个，到反复折腾囡好不容易怀上，优柔寡断的丈夫都是犹豫不决的，几乎从来没有表明过自己的态度。

囡当然知道丈夫内心真实的想法，所以她果断决定再生一个。囡晕倒住院后，丈夫更多的是后悔和畏惧，向来稳重的自己本不应该冒这个险。他坐在妻子床前，一刻也不敢离开。

囡静静地躺卧在病床上，看上去精神比入院时好了许多，她左手拿着咬了一半的苹果，右手不停地抚摸着自己隆起的大肚子。囡时不时感觉到肚子里的孩子在翻身、踢脚、打拳，此刻她心底有说不出的幸福。这一切，都源于自己是一个女人，子宫里的秘密，让作为母亲的囡，生活有了无限的期待。从子宫到心脏，一根无形的细线无时无刻牵引着，让囡按捺不住喜悦，也让囡不自觉地莫名紧张。

这是囡和丈夫第二个孩子，他们已经有一个二十岁的女儿。年轻时，囡和丈夫想过暗地里偷偷再要一个孩子，但最终没有付诸行动。当年，囡还是一名小学教师，丈夫刚刚从学校到乡政府工作。一切囡都盘算好了，自己带薪休假一年，到老家把孩子生下来，然后寄养在农村亲戚家，长大后再接回城里来上学，找一个理由说是乡下的亲戚。但，囡几次下定决心，都被小心谨慎的丈夫制止了。毕竟，囡夫妻俩都是公职人员。

但，凡事都是难以预料的。十多年过去了，现在囡肚子里又孕育了新的生命。人到中年，如愿以偿实现了年轻时梦寐以求的事情，这当然是一件大喜事，但丈夫心里常常有种种不安和不祥之感，毕竟囡是上了年纪的女人。

二

囡个子不高，娇小而脆弱，头发已经白了一大半。入院时，英住在普通病房，四人一间，加上陪护的家属，病房成了人堆，黑压压一片，连进脚的地方都没有。后来，囡换到了VIP病房，条件当然好多了，关键是自个清静了。之前，囡在普通病房待得很不自在，病房她年龄最大，加上一头的白发，来探望孕妇的家属老是盯着囡看个不停，眼神似乎充满了疑惑和不解，有的甚至故意凑到囡病床前，进一步确认她究竟是不是孕妇。VIP病房有冰箱、电视机、洗衣机，有橱柜、沙发、桌椅，还有梳妆台，和家里的卧室差不到哪里去，晚上丈夫就躺在沙发上睡觉。

女儿是前年九月份到外地念书的，囡和丈夫虽有不舍，也时常挂念，但也感觉一下轻松了许多，女儿长大了，他们终于可以松一口气了。但仅仅过了一个月，在丹桂飘香的一个夜晚，囡和丈夫平静的生活彻底被打乱了。这一天来得太慢，慢得二十年都过去了，女儿都到了谈婚论嫁、生儿育女的年龄。这一天来得太快，快得囡和丈夫措手不及。他们终究还是抓住了岁月的尾巴。有机会，就会有希望。

每晚七点必看《新闻联播》的丈夫，当晚听到主持人字正腔圆地说，"全面实施一对夫妇可生育两个孩子政策"。丈夫开始不太相信，但他感觉自己真真切切听到了。丈夫显得有些激动，他把正在厨房洗碗筷的囡叫到客厅来。囡不知道发生什么事了，责怪丈夫大惊小怪，知道全面放开二孩了，囡嘀咕了一句，咱们还生啊？都快做外公外婆的人了。

丈夫显然掩饰不住内心的兴奋和焦急，仿若有一只活蹦乱跳的野兔在他的全身上蹿下跳，他想舒展喉咙，大声呐喊，把身体里的野兽吐出来。丈夫感觉客厅不足以容下自己全身释放的感情，他找借口走出家门下了楼，绕着小区一圈一圈转，越走越快，脚步总停不下来。他不断地想，一幅幅画面左右着他：妻子怀胎十月的无限期盼，分娩时的疼痛不堪，抚养时的含辛茹苦。他想到女儿出生时，父母铁一样凝重的面部表情，唉声叹气的语气。他想到，很长一段时间里，闭塞而落后的村庄总有人背地里指指点点说，读书拿工资有啥用，生一个女儿，断子绝孙。"断子绝孙"，是一个再难听不过的词语了，它无疑深深地刺痛丈夫的每一根神经。它更像一条鞭子无情地狠狠地抽打丈夫以及一家人的脊梁骨，留下一阵阵刺骨的疼痛，渗透他们每一根细胞，无论如何摆脱，只能留下更深的烙印。

但，现在一切将发生变化，一切都有可能推翻。就在丈夫不停地在小区走动的时候，村里的父亲打来电话。显然，父亲刚刚也看了《新闻联播》。电话里头声音太大，沙哑而高亢，以至于丈夫不敢把手机紧贴着耳朵。要不是囡的一个电话，丈夫也不知道会在小区走到什么时候。当晚，囡和丈夫沉默不语，简单洗漱之后上床睡觉，两个人却怎么也睡不着，辗转反侧一晚。

三

夫妻俩沉默了十天半个月，最终还是囡开口了。囡说，咱们还是试一试，再生一个吧！丈夫一愣，半天才明白过来。他做梦都想得到这样的答案，但同样也畏惧这一句。这一试，便是一年多漫长的煎熬。

囡先是从乡下弄来一副人家祖传的生男秘方。淫羊藿、肉苁蓉、全当归、仙茅、菟丝子、艾叶等等，一连串的中药，五花八门，大部分他们未曾见过，也未听说过。丈夫捏住鼻子，一股劲地喝下去了。囡用手机清楚地记下自己的安全期、危险期，待真到了排卵期的日子，丈夫却怎么也不行。囡不停地安慰丈夫，不停地鼓励丈夫，但他就是找不到感觉，身体就像睡着了似的，死水一般寂静，怎么也无法唤醒。囡倒是一点都不急，她耐心地等待着丈夫。囡悄悄地对丈夫说，会不会灯太刺眼了，于是他们把灯关了。在一片漆黑之下，他们又折腾了半天，还是不行，又不得不把灯开了。囡又建议，要不放些音乐吧！丈夫的注意力又转移到音乐上面，更是不行。前一阵子还好好的，怎么到现在一说怀孩子就不行了呢？丈夫难受至极，憋着一肚子气，没有出口；他又觉得可笑至极，这是干吗，何必折腾呢？

　　再要一个孩子的事情，囡和丈夫当然不能和女儿说。怎么样才能说出口呢？一大把年龄了，想想这事就害臊，更何况他们还怕女儿有过激的反应。囡在网上看到过这样一个视频：一个五六岁的姐姐抱住襁褓中的弟弟，正唱歌哄他睡觉，突然头朝地把弟弟往地上一扔。还有些孩子听到父母要生二胎，以死相逼。想想这些，囡感觉害怕。当然，囡不担心这些，她顾虑的是，女儿都是成年人了，自己再生一个孩子，多尴尬。女儿放假回到家中，看到囡每天都在偷偷地熬药，以为父亲生病了，囡怕女儿担心告诉了她。让囡和丈夫没有想到的是，女儿知道他们想再要一个孩子第一反应时，竟笑个不停。无论父母怎样选择，女儿都是尊重的。但是，女儿笑得囡心里捉摸不透，也许和她一样，女儿也觉得尴尬吧！

折腾了半年时间后，囡建议丈夫还是到医院去看看。一通检查之后，医生说，身体没有任何问题啊！正常的男人面对自己的妻子怎么会毫无反应呢？虽说岁月不饶人，但自己也才四十出头啊！思来想去，丈夫得出的结论是：命中注定，囡是怀不上了。那就算了吧！

生是一个悠长的过程，万马奔腾的竞赛，浩浩荡荡，鱼贯而入，一颗奔跑最快的精子顺利抵达终点，便是生命孕育的开始。

一年之后，意想不到的是，囡竟然意外怀上了。囡到菜市场买菜，每次转了几圈后，也不知道买什么。囡跟菜摊的老板娘说，不知道吃什么，老是反胃。老板娘不经意间回了一句，你是不是怀孕了？这一句无意提醒了囡。丈夫从药店买来测试纸，不一会儿就显示了两条杠。丈夫算了算时间，最近没有啊？准确地说，是尝试过，但依然没有成功。但囡却清楚说出了哪一天。丈夫绞尽脑汁，怎么也想不起来。囡很是生气地说，我是女人，我还会不清楚。夫妻俩经过仔细回忆后，才最终碰到一起，是一个月前一个周末的早晨。

丈夫并没有想象中的激动与兴奋，更多的是忧心忡忡和焦虑不安。丈夫比囡更加清楚，对于一个四十多岁的高龄孕妇而言，十月怀胎无疑是一个步步惊心，漫长而布满荆棘的过程，每迈出一步都得小心翼翼。孩子在子宫里一天天长大，无限期盼伴随一片畏惧，丝丝幸福伴随种种害怕。小小的子宫，藏匿了一个个巨大的秘密，还有无限而未知的故事，这可能是一个让人皆大欢喜的喜剧，也可能是一个让人悲痛欲绝的悲剧。故事的结局谁也无法预料，就像随手扔硬币，是荷花的一面，还是数字的一面，只有到最后呈现的那一刻才会揭晓。

一种不祥的预感笼罩着丈夫，囡的身体已经安装了一颗定时炸弹，随时可能在毫无防备之中突然爆发，让眼前的幸福粉身碎骨、灰飞烟灭。而这个炸弹的制造者，是他自己。囡并不去想这些，生育的漫长过程自己有过切身的体会，只不过自己年龄稍微大些，理所当然身体会有更多的不适。

也不知道从什么时候开始，女儿送来的康乃馨开始枯萎凋谢，一片片精致的花瓣掉落在窗台，颜色渐黑，走向腐烂。囡随手拾起，扔出窗外，花瓣随风缓慢飘落。

四

入院一个月后，囡的病情越来越严重。囡无时无刻不感到恶心，也没有任何胃口，肚子里翻江倒海地折腾。憔悴的囡不停地呕吐，病床边的丈夫不停地轻轻拍打着她的后背。囡两眼泪水汪汪，她看着丈夫，双眼模糊，囡把目光转向窗台的康乃馨，也是一个模糊的影子。囡心底突然掠过一阵阵从未有过的恐惧，她似乎有些莫名的害怕。但，囡没有吭气，她不想让丈夫担心。随着病情一天天加重，囡几次突然出现深度抽搐昏迷。丈夫看着囡牙关紧闭，眼球固定而直视着自己，身体不停地剧烈抽动，嘴里不停地嘀咕着什么。丈夫紧紧地抓着囡的双臂，不停地喊着囡的名字。丈夫吓得直冒大汗，死亡的恐惧猝不及防袭来，他以为囡将离自己而去。不过，囡慢慢地睡着了。

囡苏醒后，并不知道所发生的一切。

囡感觉身体舒服了许多，她不断地抚摸着肚子里的孩子，很满足，也很幸福。

孩子一天天成熟，考虑囡的身体状况，经过一系列检查和评估，在囡孕期36周的时候，医生准备进行剖宫产。漫长的等待，煎熬跋涉，终将抵达。囡长叹一口气，整个身体轻松了许多，脸上出现了久违的笑容。

丈夫却愈加害怕和恐惧，他不太希望这一天这么快就到来，他脑海里不断地浮现二十年前那个万籁俱寂的深夜，让他不寒而栗，不祥的预感不可遏制地涌上心尖。上帝眷顾了自己一次，还会有第二次的幸运吗？伤痛随着时间会一天天消磨，忘得一干二净。不过，一旦再次重提和激发，将是渗透骨髓的疼痛。现在，丈夫无疑深有感触。

二十年前一个普通而不愿被提及的夜晚，前置胎盘的囡在进行剖宫产时大出血。还没有来得及享受女儿出生的喜悦，一家人瞬间陷入了绝望。面对病危通知书，丈夫双手不停地颤抖。那一刻，丈夫在想，也许他和囡从此阴阳相隔。

但，幸运的是，妇产科医生硬是把妻子从鬼门关拉了回来。二十年前，抢救妻子的场景依然历历在目，现在丈夫一想到就心有余悸。二十年前，前置胎盘对丈夫而言，也许是毫无概念，陌生而抽象，但经历生死考验后，它是那么直观，如此得熟悉。岁月留下了疤痕，时刻提醒着他，鞭打着他。

囡像变了一个人似的，不再是一个病恹恹的孕妇了。她的脸蛋挂起了幸福的笑容，脸色红润了许多。剖宫产当天，囡早早就起来了，前一晚她睡得很香。她梦见自己老了，和丈夫一起在夕阳西下的黄昏蹒跚，她搀扶着行动不便的老伴。前方活蹦乱跳的是小孙子。囡在孩子的叫喊声中醒来。此时，窗外已是阳光明媚。

囡起床刷牙洗脸。丈夫早已把早餐准备好。囡胃口不错，全部都吃完了。早餐后，囡给窗台的康乃馨浇水，她又把败坏的花瓣扔向窗外。那一刻，囡自然想到了远在他乡的女儿。窗外是一个明媚的初冬，天空湛蓝，晴空万里。虽有丝丝凉意，但可以感受到阳光温暖。

囡想出去走走，丈夫给囡添了一件外套。丈夫牵着囡的手，木讷的他一语不发。倒是囡在说个不停。从大学恋爱说到结婚成家，从女儿出生说到她上大学，一晃就是二十五年。囡突然停下，很认真地问丈夫，要是我今天死了，你怎么办？孩子怎么办？丈夫听后，连他自己也不知道为什么，控制不住情绪，瞬间火冒三丈。他责怪囡，胡说八道。囡也是随便说说而已，没想到丈夫反应如此强烈。她不明白丈夫怎么了。囡心里也堵了一股子气。两个人一前一后回到病房。丈夫很是后悔，他连自己也感觉有些莫名其妙。

囡被缓缓推进产房，丈夫紧紧握着囡的手，一路小跑跟随着前进的推车。他哽咽的喉咙对妻子似乎有千言万语，但一向木讷的丈夫，最终没有向囡留下只言片语。囡倒是显得十分轻松，面带微笑。囡看着紧张的丈夫，用眼神安慰他。

产房的门啪的一声关上了，丈夫木然地坐在等待区的椅子上。这里的环境和二十年前没有过多的变化，依然是陈旧而晦暗，潮湿而阴冷，甚至连椅子也没有更换过，以至于座椅的把手被时光磨得闪闪发光。只是墙上的挂钟不见了，取而代之的是走道悬挂的电子屏幕。

二十年前，在同样的地方，同样的场景，囡和丈夫第一个孩子就在这里呱呱落地。丈夫看到了囡被推进产房孤单而恐惧的眼神，听到了女儿急促响亮的哭啼声。一个新的生命降临，打破了安静的深夜。丈夫看到女儿第一眼时，整个心都要被融化了。

但是，丈夫更不能忘记医护人员反反复复，急急忙忙进出急救妻子的场景。十几名医护人员从睡梦中叫醒，火速赶往手术室。丈夫焦急惶恐，难受极致，他双手紧握拳头，来回于走道，不知如何是好。

五

生儿育女，男人痛痛快快一阵子，女人却含辛茹苦一辈子。

每一个新生命的降临，对女人而言，无疑都是走一道鬼门关。二十年前，囷这一遭鬼门关惊险而过，二十年后的今天呢？还会有那么幸运吗？这段时间，丈夫每天诚惶诚恐，寝食难安，"凶险性前置胎盘"这个揪心的名词反复出现。医生明确地告诉他，囷因第一胎是剖宫产，现在前置胎盘遇上了疤痕子宫，并植入穿透子宫肌层，这无疑是一个恐怖的炸弹。

囷一点也不畏惧，只不过打上麻药睡一觉而已。她心想，自己很快就会醒过来的。囷看到医生和护士有序地忙碌着，大小不一的手术刀、钳子摆放得整整齐齐，看过去一片银白，显得有些刺眼。囷闭上双眼，隐隐约约听着大家在说话，慢慢地迷迷糊糊就睡过去了。

世界似乎停滞不前，周围宁静的一切，让产房外的丈夫心里更加不安。

时间定格在上午11点18分，医生顺利从囷的子宫剖出一名男婴。丈夫看着红润而充满活力的孩子激动不已，甚至不知所措，紧接着情不自禁热泪盈眶，长声哭喊。他要一口气把积淀多年的委屈和压抑一股劲地呐喊出来。他是一个受过高等教育的知识分子，更是一名从穷乡僻壤走出的农家子弟，传宗接代的愚昧与无知，让他一度感到羞耻。他深切地感受到有愧于妻子，自己的优柔寡断，沉默不语，无疑像一双无形的罪恶的手逼向妻子。

睡梦中，囡清晰地听到孩子的哭啼声，她终于可以松一口气了。

囡睁开双眼，世界一切显得如此明朗与美好，万物生长，蕴含了勃勃生机。

生是一个悠长的过程，死却是在一瞬间寂灭。医院，一个见证生老病死的道场。这里，也许是生命开始的地方，也许是死亡终结的地方；这里，也许是人生启蒙的课堂，也许是人生最后的课堂。

囡被医生迅速从产房推进了手术室。鲜红的血液从子宫内部不停地缓慢流淌而出，源源不断，囡感觉全身一点一滴地被无情地掏空，残留下孤零零的肢体，干枯而麻木。囡迷糊感觉到，明朗的世界瞬间变得晦暗，一切正在走向黑暗。

二十年前，同样焦急的丈夫，此刻正暗自决心不再要孩子。但是，伤痛伴随时间慢慢地稀释，最终将忘却，虽有偶尔忆起，却不再有锥心之痛。丈夫不断地自责与后悔，自己一向沉稳而优柔寡断的双重性格，无疑将妻子囡推向了死亡的深渊。

囡的子宫全切除了，昏迷中的囡当然并不知道。

四十五年前，囡从母亲的子宫孕育而生，呱呱落地。今天，囡将因为自己的子宫猝然而去，隐忍着无穷疼痛，留下诸多遗憾和不舍。

子宫，形似倒梨形的子宫，紧紧依附于囡身体和灵魂深处，神秘而圣洁，玄妙而深邃，小小的子宫，藏匿着宇宙一样巨大的秘密。子宫，给过囡无限快乐和希望，从豆蔻年华的懵懂，到桃李年华的冲动；从而立之年的不安，到不惑之年的由命。子宫，让囡有过疼痛不堪的往昔，有过焦虑不安的苦恼，有过欣喜若狂的愉悦。传统而洁身自好的囡，由衷敬畏，小心翼翼地呵护了它一辈子。要是囡还有清晰的意识，必定不让自己的子宫脱离自己的身体。

子宫，理所应当永远和囡在一起，从出生直至离去。

子宫的分离和自我牺牲，并不能挽救早已命中注定的悲剧。堆积如山的纱布预示着囡离死亡越来越临近。囡安静地躺在手术台，身体的血液流得一干二净，就像深秋被害虫叮咬后干瘪的瓜果一样，孤苦伶仃地悬挂枝头。囡意识呆滞而模糊，脸色苍白，四肢厥冷，她努力用全身最后的力量睁大双眼，再看看美好的世界，再看看自己的孩子。

但是，囡的世界一切都是模糊的。

囡似乎听到孩子撕心裂肺的哭啼，似乎听到丈夫歇斯底里的呐喊，似乎听到老人仰天长啸，悲喜交集……这一切声音越来越漂浮，越来越遥远，最终销声匿迹。囡置身于一片黑暗中，身体缓慢往下沉，巨大的黑色堆积着她，一点点把囡埋葬。囡穿越狭窄而悠长的隧道，隐隐约约看见一道神秘的光……

初冬的黄昏，夕阳西下。斜晖洒落在窗台的康乃馨上，倾泻一片柔和的温暖。

遗憾的是，女儿送来的花朵已经残败不堪，枯萎凋谢了。

三把手

一

三把手，是村小隔壁大队里的厨师。一把手是村支书，二把手是村长。三把手原本有名有姓，只因常年住在大队，除了村支书、村长，他似乎更像是屋子的主人。其实，"三把手"是他自封的。我们一家搬到石印村的时候，"三把手"就已经在村子里传开来。提到三把手，人们自然想到的只是一个没有女人照料，笑起来总是漫不经心，皮肤黝黑、个子矮小，没什么出息的单身汉。

三把手弄得一桌好菜，上面来了领导，大队都交给他张罗。三把手炒菜有天赋，每次领导来吃完喝完，酒足饭饱，抹一抹嘴，拍一拍肚皮，都说三把手的伙食搞得好。几次，有领导叫三把手一起上桌喝酒吃饭，开始三把手很是拘束，躲在厨房的角落不出来，为了伺候好上级领导，村支书不得不放下架子亲自到厨房请他上桌。但一到餐桌上，三把手倒是吃得开，酒大口大口喝，肉大块大块吃。喝醉时，三把手和上面的领导称兄道弟，勾肩搭背，打得火热，还真把自己当作是大队的干部。喝得昏天黑地的时候，三把手老是喊：王小梅，王小梅，王小梅……王小梅是三把手长得标致，消失多年的老婆。

时间一久，三把手在镇里，乃至县里都有了一定的名气，上面的领导也都愿意到石印村来指导工作，大队也因此年年得先进。开始，村支书和村长心里也有些不舒服，但看着上面的领导一拨一拨来，资金源源不断地拨下了，大队的工作年年是先进，他们最后开始依赖三把手，在他们眼里三把手不再是大队的厨子，他是大队的管家，甚至是大队的干部，他是排在他们两个后面的大队三把手。

所以，不管是三把手自己，连村支书、村长都默许。于是，三把手就在十里八乡传开了。

我记忆中，三把手爱养狗，每次养都是一大窝。但三把手养狗不是指望狗来看门的，也不是用来和他做伴的，而是宰了吃掉。三把手还爱弄些便宜的死猪肉吃，并且烧得相当好吃。他倒是个古道热肠的人，这些烧好的菜总不忘叫些邻里人来吃，虽然大家都选择拒绝，嫌不干净，尤其是怕来路不明，吃了染上病。但每次他依然还是没记性似的不忘叫。

村小和大队只有一墙之隔，实际上中间有一扇门可以互通的。村小和大队都是一层楼二层高的旧式瓦房，底下一层村小用来做教室，大队用来办公，楼上一层放置杂粮、农具、衣物等等。由于村小和大队挨在一起，下课后孩子们跑来跑去，从村小跑到大队，又从大队跑到村小，捉迷藏时，有时候还跑到楼上一层躲了起来。一次，我们班上的一个小女孩，躲到了大队木板楼上，看到一口还未刷过漆的黄白棺木，吓得从楼上直接掉了下来。听说大队楼上放置了一副棺材，从那以后，胆子小的孩子不敢再迈进大队了，而胆子大的孩子过一阵子也不怕了，有的甚至捉迷藏时故意躺在棺材里面，让大家半天也找不到自己，等着等着就在棺材里面睡着了。

村里的大人们都说，棺材是三把手给自己留的。

石印村的村民几次要求三把手将他的棺材搬离大队，但后来都不了了之。三把手之所以把自己的棺木放置在大队，不愿意搬走，是因为他没有自己的家，大队就是他的家。

三把手的房间在大队最左边，旁边是大队的柴火间，再过去是村小和大队共用的茅厕。茅厕只有一个，男生女生共用，说是茅厕其实是挖个深坑上面放置两块木板。一次，下课铃响了后，男生为了霸占茅厕，飞快地往茅厕跑去，冲在最前面的一个男生控制不住速度，一不小心跳到茅坑里去了。最终，是三把手将男孩救起来的。也就是这件事，让不少孩子开始喜欢三把手了。

孩子们课后上茅厕时，都须经过三把手的房间。从早到晚，三把手的房间都是紧紧关闭着的，在孩子眼里，里面似乎锁住了一个巨大秘密，永远也无法揭开的秘密。越是看不见，摸不着的东西，越有距离感，越让孩子们好奇，于是孩子们老是透过门缝偷窥三把手的房间。有的孩子说，三把手的房间乱七八糟，都是些他到处捡来的瓶瓶罐罐。有的孩子说，房间堆满了破旧的书籍，墙上还有石灰写的毛主席语录。有的孩子还说，他们看到了三把手房间挂了很多大大小小的照片，其中，有一张最大的照片是一个穿军装的帅气年轻人，长得像极了三把手。

每次孩子看得入神时，三把手就气势汹汹跑来，伸长脖子骂人，手里还拿着菜刀，孩子们见状跑得比兔子还快。但三把手怎么凶，孩子们都不会怕他，孩子们喜欢三把手，三把手也喜欢孩子们。三把手和村小的孩子玩得很好，但不知道为什么，他就是不愿意人家偷看自己房间。

后来，孩子们从大人口中得知，三把手以前当过兵，于是我们就更加确定照片中的年轻人就是三把手了。从此，三把手在孩子们心目中就更加神秘了，有些做梦都想当兵的孩子，甚至乎把三把手当作自己崇拜的偶像。

二

我听村里的老人说，三把手原来并不是我们村子的，他是隔壁社下村的，原本有个幸福美满的家庭。关于三把手的故事，石印村的人也隐隐约约知道一些，说到三把手的命运，大家都为他叹气，村里人说，就是他那死去的禽兽不如的爹给害的。

我听说，三把手是结过婚的人。当年，三把手退伍后，和社下村小的王小梅老师处对象。当年，三把手一身军装英姿飒爽，走起路来抬头挺胸，铿锵有力，有模有样，有事没事喜欢到村小转悠，理所当然成为了孩子们崇拜的偶像。年轻美貌的王小梅老师，当年刚刚从师范学校毕业分配到村小。王小梅个子不好，皮肤不白，但身材丰满，很有女人味，吸引三把手的是王小梅胸前的大乳房，和身后的大屁股，走路时前后老是晃动着。这让他神魂颠倒，分不清东西南北。当时，村里很多小伙子都想和王小梅处对象，但想归想，只能自个心底默默地暗恋。三把手就不一样了，他是村里唯一一个当过兵的人，关键是他在镇粮油站还有一份体面工作，拿的是铁饭碗，吃的是公家饭。三把手和王小梅是门当户对，关于这一点村里人都这么认为，他们俩也是这么想的。事实上，三把手和王小梅没有轰轰烈烈的恋爱过程，拿现在的话来说是属于"闪婚"。听说，他们交往没几天，一到天黑，三把手就钻进了王小梅村小的宿舍。

当然，我没有见过王老师，但我隔壁村的表哥是见过的。不但见过，王老师还是他的班主任。表哥那时候正在读二年级，一些事情不太懂，也记不着，就算知道记得，到现在也忘得一干二净了。但，王老师身上有一股迷人的香味表哥是记得清清楚楚的，不仅他记得，当年和表哥一起上学的孩子都记得。

正当大家都羡慕三把手和王小梅圆满的结合时，厄运降临在了三把手头上。那是一年一度"双抢"的日子，一个收获喜悦的季节，但对于三把手却是命运转入黑色的开始。那个时候，没有机械，收割靠人工，每年"双抢"村小都会放几天农忙假，让孩子回去给家里帮忙。村小的老师也不例外，王小梅老师也到地里给家里收割。这时候，三把手也是忙得团团转，每天起早摸黑全镇各个村庄跑，镇粮油站的工作让他好几天回不了家。

三把手的爹叫作刘贱狗，当年四十岁不到，原本老实憨厚。当老师的儿媳妇到地里给家里帮忙收割，让当爹的刘贱狗，还有三把手的娘心里美滋滋。王小梅虽然吃的是公粮，但是出生在农村，干起农活一点不比别人差。

炎炎夏日，晴空万里，火辣的太阳照得稻穗闪闪发亮。淹没在稻田里的刘贱狗高兴地吆喝了一句，霎时，风不知道从哪里冒了出来，一下子在村子中央掀起了一股股浪潮，浪花朵朵，庄稼一个挨一个，一渠挨一渠的，浩浩荡荡，轰轰烈烈，颇为壮观。烈日下，寂静的村庄也跟着热闹起来，吆喝声一声接一声，一声比一声叫得响亮，凉爽的风一阵接一阵，一阵比一阵吹得有力。弯腰收割的王小梅笑开了花。踏着打谷机的刘贱狗时不时看着儿媳妇王小梅，她湿透的衬衫紧贴着胸前结实的、偌大的乳房，晃来晃去，窜上窜下。每当王小梅弯腰收割的时候，乳房更是像要从紧绷的衬衫跳出来似的，看得刘贱狗心惊肉跳，面红耳热，他的心脏也似乎瞬间要跟着蹦了出来。刘贱狗想看又怕看，看得见又不敢看，他心里充满矛盾，他暗自骂自己不是人，禽兽不如。那可是自己的儿媳妇，儿子的老婆。

接下来几天，王小梅洁白的乳房老是在刘贱狗脑子里来回转，这让他心神不定，整天恍恍惚惚。一天夜里，刘贱狗喝得醉醺醺。他迷迷糊糊地上了儿媳妇王小梅的床边，双手快要接近那对让他整天神魂颠倒的乳房时，儿子却回来了。

当过兵的儿子把刘贱狗打得头破血流，从房间拖到大厅，又从大厅丢到院子里，厮打、哭声、惨叫声打破了沉睡的村子，吵醒了左邻右舍。三把手娘和王小梅都在各自的房间哀声哭啼。隔壁的邻居跑来不知道发生了什么，见状拦住失去理智的三把手。大家劝说，这是你爹啊，儿子打老子，是要天打雷劈的。三把手歇斯底里地说，他这畜生，才是要天打雷劈。发了疯似的三把手拿起锄头把家里的锅碗瓢盆打得精光，甩开一片狼藉和一阵阵哭声，骂骂咧咧地离开了家。

三把手回到家里是半个月后了，他是回来料理父母后事的。"爬灰"的事情很快在村里传开了，刘贱狗夫妇双双喝下敌敌畏。至于三把手的媳妇王小梅，事情发生的第二天就不见了，去了哪里，谁也不知道。遭受不了打击的三把手，一把火把家里烧了，班也不上了，整天在村子里游荡。

后来，三把手搬到了我们石印村，住进了大队，当起了大队的厨师。

三

至于三把手什么时候从阴影中走出来的，甚至到后来整天笑呵呵的，又为什么三把手炒得一手好菜，这一个个疑问我们石印村的人都不知道。只是，三把手的媳妇王小梅再也没有出现了。有的村民说，王小梅嫁到县城去了，在县城步行街看见过她，但说话的人连他自己都没法确定，那究竟是不是王小梅。三把手好像也把王小梅忘记了。王小梅真的消失了。

当然，这是十年以后的事情了，也就是这个时候，村民开始喊"三把手"。大家似乎不那么关心三把手的过去，更关注的是当时大队厨师身份的，一个老实憨厚的三把手，就像死去的刘贱狗一样。

那时候，我开始读小学，和其他孩子一样对三把手的过去一无所知，大人的事也不懂。我们只知道，三把手很厉害，很神秘。他是一个孩子王，我们和他玩得很开心。因为大队是和小学连着的，当年我们这群小孩没少跟他打过交道。他喜欢在我们面前装厉害，碰到小孩在墙壁上涂鸦，或者是划烂花草类似的事，他便会站出来，说是要怎么告诉老师。但孩子们也不信他的话，因为也知道他根本不会真的去告状，吓吓罢了。每到期末拿成绩单、领奖状的时候，他也会自己跑去小店买些奖状，写好评语，盖个自己的章，然后发给那些没得奖状的学生，孩子们也一样高兴。

当年，我们还热衷玩掀啤酒盖的游戏，就是把盖子捶成平块，用酒盖把地上的酒盖掀起，赢者得盖，没有瓶盖的就没的玩。可想而知，我们当时看到瓶盖就像得了宝一样。大队只要来了客人，喝了酒，地上自然而然就扔有瓶盖，当时大队灶房的地下还是泥土地面，瓶盖偶尔会被人踩陷到泥土里，他就用手一个个的刮出来送给我们。

三把手还喜欢到人家家里蹭饭吃，说是吃饭，其实是到人家家里喝酒，每次都是笑嘻嘻地去，醉醺醺地回。村里人倒也说不上喜欢他，也说不上嫌弃他。原因是，三把手在大队是有地位的，对村里是有贡献的。当然，村民是不是怜悯他，关于这一点，大人的事太复杂，我只是一个小屁孩，我是琢磨不透的。

又过了好几年，我离开了石印村，到镇上读初中了。王小梅消失应该有十多年了，我回到村里，听说有好心的村民给三把手张罗找对象，但每次他都拒绝，拿自己配不上人家为借口。

后来，我又听说村里来了疯女人，差一点就和三把手在一起了。

和三把手一样，石印村人也不知道疯女人姓什么叫什么。疯女人其实长得并不难看，不发疯的时候爱打扮，爱说话，还会唱歌跳舞。其实，她长得比王小梅还要好看，不少村民都是这样认为的。当然，这都是三把手精心照料的结果。

在此之前，疯女人不管刮风下雨都在村子里转悠，一年四季从来不穿鞋子，打着赤脚，热天的时候连衣服也不穿，就赤裸地走在村庄，一天到晚嘴里都嘀咕着什么，好像在唱歌，具体唱什么内容，没有人知道。村里人遇见她就避开，骂她伤风败俗，不要脸、不知羞耻。有的人就说，一个女疯人哪还有脸，有脸也比那树皮厚。村里的孩子见到疯女人就嘲笑她，一遍一遍疯婆子地叫，惹怒了她，她就拾起地上的石头往孩子身上丢。这时候，三把手就看不下去，他站出来骂骂咧咧说，谁家的孩子没有教养。爱管闲事的三把手还跑去找家长说，好好教养自家的孩子，疯子也是人呀！

三把手看上疯女人了，一下子巴掌大的村子又出了大新闻。三把手索性就把疯女人接到大队来住，把她安顿在自己的房间，三把手却睡在大队的柴火间。村里人笑话三把手，为啥不一起睡呢？三把手笑嘻嘻地说，不要乘人之危嘛！

三把手给疯女人洗脸梳头，给她买新衣服穿上，全身打扮得干干净净。说也奇怪，疯女人到了三把手那里也安静了，不再闹了，见人就打招呼，她还和三把手一起洗衣做饭、下地干活呢！那段时间，三把手高兴得合不上嘴，整天笑眯眯的，像吃了蜂蜜似的。他把王小梅抛在后脑勺了，忘得一干二净。

正当大家以为三把手和疯女人要结婚了，当然三把手也是这么认为的，疯女人却不辞而别，消失了。我后来听村里人说，疯女人原来是县文工团的，是个跳舞的演员，高攀了一个领导的儿子，后来被男的抛弃了，所以就发疯了。她的病是否好了，去了哪里，村里人，当然包括三把手是不知道的。或许，只有她自己知道，甚至连她自己也不知道。

四

疯女人的出现就像一块石子掉落在三把手平静如水的日子，几阵漪澜没过多久又恢复了平静。他依旧每天给大队做饭，只是话没有以前多了，不再去别人家蹭饭了，滴酒不沾了。奇怪的是，三把手倒是抽起了闷烟，一天到晚嘴里叼着一根赣州桥牌的香烟，抽完了还把烟头死死地咬在嘴里，好像人离不开烟，烟也离不开人。

好心的村民给他介绍对象，他就大发雷霆："狗日的，以后不要再给我提什么女人。"后来，村里人也就再也不敢在他面前提对象的事情了。

这些年，春节我回到村庄，遇见三把手，发现他苍老了许多，背驼了，头发也花白了，脸色黝黑，常年抽烟让他的牙齿黄得吓人。当年穿军装、英姿飒爽的三把手全然不见了。

后来，我就很少听说三把手的事情了，差不多把他忘记了。直到前不久，我听说三把手去世了。

三把手是救石印村小溺水的学生不幸死亡的。谁都知道，三把手是会游泳的。但他跳下水救起孩子后，自己却沉到水里了。

三把手奋不顾身勇救溺水的学生不幸死亡的消息迅速传开了。电视台和报社的记者都跑到我们村来采访，被救的小孩子对着摄像机稀里哗啦地哭了起来。村民都竖起大拇指说，三把手是个好人，太可惜了。可是，当记者问起三把手的真实姓名时，却很少人知道。一时间，年近半百、身患多病的三把手奋不顾身，抢救溺水儿童的事迹刊登在各大媒体。

石印村的村民从大队木板楼搬下三把手为自己准备好的那口还未刷过漆的黄白棺木。村支书请来油漆工，把棺材漆得鲜亮光滑。三把手的葬礼是大队给张罗的，出葬那一天下起了倾盆大雨，村里河水涨了，庄稼也淹没了。但石印村和社下村的村民都到齐了，很多慕名的群众来了，乡镇的领导来了，县里的领导也来了。

村民说，葬礼上他们看到了王小梅，她在人群里不断地哭泣。从王小梅的穿着打扮来看，她日子应该过得不错。王小梅身边还有一个30岁左右的男人，看上去是她的儿子，长得很像三把手。至于三把手照顾过的疯女人，大家都说没有看见她来葬礼现场。

我们终将老去

一、目送

有些书籍，当我们逐字逐句阅读的时候，给我们是一种情感的洗礼。我们会不自觉地在书里找到自己的影子，越往下读，越是身临其境，越是深陷其中。

直至合上书籍，好几天，脑子里还是呈现作者描写的故事，以及对生命深刻的诠释。细读龙应台《目送》就是这么一种感觉。

深邃、忧伤、美丽，一部生死笔记。她写尽了幽微，如烛光冷照山壁。

"我慢慢地、慢慢地了解到，所谓父女母子一场，只不过意味着，你和他的缘分就是今生今世不断地在目送他的背影渐行渐远。你站立在小路的这一端，看着他逐渐消失在小路转弯的地方，而且，他用背影默默地告诉你：不必追。"

当我一次次反复地阅读《目送》这些伤感的句子，不禁潸然泪下，内心久久不能释怀。

行道迟迟，载渴载饥。我心悲伤，莫知我哀。"有些事，只能一个人做。有些关，只能一个人过。有些路啊，只能一个人走。"

父母的女儿，孩子的母亲，丈夫的妻子。龙应台深邃的文字，美丽而忧伤的情感，记录了一个女人多重身份的人生经历。

儿子华安上学。他背着一个五颜六色的书包往前走，看着儿子瘦小的背影在门口消失。在校门口，在车站，在机场，每一次的目送都是母亲用眼睛跟着儿子的背影，一寸一寸地往前移。

儿子一天天在目送中长大，直到和自己有了不可以逾越的鸿沟。那一天，才知道自己真的已经老了，才慢慢地意识到，自己的落寞，仿佛和另外一个背影有关。

千里江山寒色远，芦花深处泊孤舟。

家，是什么？对父母而言，孩子在哪里，哪里就是家。对儿女而言，父母在，人生尚有来处，父母去，人生只剩归途。

父亲住院。一次次推着他的轮椅散步，看着他老去的背影，几次热泪盈眶。直到有一天，父亲安然离去，在细雨中，深深地凝望，记住他最后一次背影，永远诀别。

母亲，曾经是个多么沉溺于美丽的女人。她一辈子爱美、爱首饰。和她一起站在梳妆镜前化妆。她说，女人要化妆，女人，就是要漂亮。可现在，目送她孱弱的背影，她已经突然老去。

父亲的逝去，母亲的老去，儿子的离开，朋友的牵挂，兄弟的携手共行，写失败和脆弱、失落和放手，写缠绵不舍和绝然的虚无。

"人生本来就是旅程。夫妻、父子、父女一场，情再深，义再厚，也是电光石火，青草叶上一点露水，只是，在我们心中，有万分不舍。"生与死的挣扎，舍与得的纠结，喜与悲的交集。龙应台的《目送》是我们每一个活着的人所经历的故事，有欢喜，也有痛楚。

幸福是什么？幸福是早晨挥手说"再见"的人，晚上能够平平安安地回来。幸福是每天太阳照常升起，我们都依然还活着。

成长、亲情、爱情、离别、死亡、幸福……生活的点点滴滴，人生的必经之路，都在每一次目送中完成。

我们都在一次次目送中，慢慢地老去……

二、绝唱

"我清醒地看到以前当作我们家的寓所，只是旅途上的客栈而已。家在哪里，我不知道。我还在寻觅归途。"这是杨绛先生《我们仨》的结尾。合上书，一丝丝疼痛不禁掠过心头。

一个寻寻觅觅的万里长梦，一个单纯温馨的学者家庭。相守相助，相聚相失。"我们都老了。"一个古稀老人夫逝女亡时，回忆起远去的天伦之乐，悲欢离合。有说不完的悲凉，道不尽的追忆。一趟末班车，一连串的死胡同，一个长达万里的梦。长梦乍醒，辗转反侧，原来他们仨已经失散。

杨绛先生用饱含深情的笔调娓娓道来，一个很朴素的家庭，三个很单纯的学者，与世无争，只求相聚在一起，享受在一起，各自做力所能及的事。尘世中三个人奇妙的组合，六十年间缘起缘灭，悲欢离合，成就了一段段美丽而凄凉的故事，让人肃然起敬，潸然泪下。

一九三五年，七月。故事发生在英国牛津。钱锺书自叹"拙手笨脚"，初到牛津，磕掉大半个门牙。一个入牛津的埃克塞特（Exeter）学院，攻读文学学士学位，一个经常和修女一起坐在课堂侧面做旁听学生。钱锺书和爱妻杨绛在异国他乡相濡以沫，从英国牛津到法国巴黎，求学生涯虽然艰辛，但苦中有乐，精神充实。

《我们仨》从阿圆呱呱落地开始，又因阿圆悄然离去结束。钱瑗，祖父称她是"读书种子"，外公则说她"过目不忘"。和父亲钱锺书最"哥们"，是母亲杨绛"平生唯一杰作"。他们仨的家庭温馨而简朴，相聚甜蜜，吃馆子连着看戏，三个人在一起，总是无穷的趣味。当然，离散也伤怀，钱锺书历经蓝田师院任教、政治运动，钱瑗留学英伦，一家人分居各地。他们仨一生坎坷，钱锺书和杨绛早年异国他乡求学，回国后无固定住处，不断奔波，直到暮年才有了一个可以安顿的居处，但老病相催。钱瑗上高中背粪桶，大学下乡进厂，毕业后又下放四清，九蒸九焙。

"世间好事不坚牢，彩云易散琉璃脆。"一九九五年，父亲钱锺书和女儿阿瑗分别住进两个医院，杨绛先生住三里河寓所，三人分居三处。一九九七年早春，阿媛去世。一九九八年，钱锺书去世。现在，只剩杨绛先生一人。

"你叫她回自己家里去，她回到了她自己家里去了。"钱媛离去，母亲杨绛变成了梦也找不到她，有阿媛牵心挂肚肠，没有了阿媛呢？

杨绛先生曾做过一个小梦，怪钱锺书一声不响地突然走了。于是钱锺书故意慢慢地走，让爱妻一程程送，尽量多聚聚，把一个小梦拉成一个万里的长梦。走上古驿道，古驿道上相聚，古驿道上相失，杨绛恨不得自己变成一块石头，一块"望夫石"，屹立在山头，守望离去的丈夫。

一家人的合影，钱媛写给父母信件的笔迹，还有为父亲画的画像，温馨至极，饱含亲情。看后不禁心生温暖，含泪伤感。"往事不可留，逝者不可追"，杨绛先生"心上绽出几个血泡，像饱含热泪的眼睛"。

我一个思念我们仨，一个古稀老人的伤痛谁能懂，寻寻觅觅的万里长梦又有谁能体会其中的痛楚呢？如今"我们仨"终于团聚，终成一段千古绝唱。

三、阳关大道和独木小桥

夜深人静，我又一次翻阅季羡林先生《这一辈子》，笔墨飘香，字字深情。季羡林先生一生走过阳关大道，跨过独木小桥。一路走来，坎坎坷坷，弯弯曲曲。

季羡林先生传奇的一生，犹如一面洁净而闪光的镜子，照亮了我们每一个人前进的路途。1911年，季羡林先生出生于贫困的家庭，祖父母双亡，家道中落，形同贫农，甚至到了食不果腹，衣不遮体，饿得到了枣林里去拣落在地上的干枣来吃的地步。

而后，季羡林先生从乡下到城里，从国内到国外，在德国、瑞士、法国、越南，十一年的留学生涯，孤苦伶仃，形单影只。

"烽火连三年，家书抵亿金。"季羡林先生在《我的心是一面镜子》中提到，持续六年的世界二次大战结束，漂泊十余年的他怀乡心切，可几经交涉，他却被美国当局用吉普车送到了瑞士。

人的悲痛莫过于流离颠沛，无家可归。而季羡林先生忍受的却是有家有国不能归的疼痛。"留学德国已十霜，归心日夜忆旧邦。无端越境入瑞士，客树回望成故乡。"季羡林先生怀念祖国，怀念家乡。

从山重水复疑无路，到柳暗花明又一村，按季羡林先生自己的话是，自己的人生喜悦与忧伤并驾，失望与希望齐飞，经历可谓多矣！

将苦难上升到一种人生哲学境界。季羡林先生艰难的人生，让梦想照进了现实。

"树欲静而风不止，子欲养而亲不待。"十几年的漂泊生涯中，季羡林先生最深切、最真实、最难忘的悔，永久的悔就是不应该离开故乡，离开母亲。

他每一刻都想回到故乡，听母亲一声温情的呼唤。细读《这一辈子》，季羡林先生的每一篇文章都饱含深情，句句感人，字字真切。"我的文笔是拙劣的，我的技巧是低下的。但是，我扪心自问，我的情感是真实的，我的态度是严肃的，这一点决不含糊。"

季羡林先生作文真情实感，没有真正感动的事物决不下笔写。治学追求真理，真实严谨，一要求证，二要小心，缺一不可。做人坦诚相待，真情实意，情感真挚。

季羡林先生一生秉承着"真"的理念。季羡林先生说，自己的心是一面镜子，照出了清代的残影，照出了一个贫困至极的农村家庭残影，照出了临时或候补亡国奴的残影，照出了法西斯统治、极端残酷的世界大战、游子怀乡的残影，照出了黎明前的一段黑暗。

季羡林先生充满坎坷，饱含真情的一生就像一面镜子，给活着的人指明了方向。

季羡林先生离去多年。但是，他留给我们苦学不厌、待人真诚、行事正直、脚踏实地的精神，激励着我们每一个活着的人。

人生要走阳关大道，也要跨独木小桥。季羡林先生，一面洁净而闪光的镜子，照亮着我们，继续前进。

第二辑

生生不息

母亲的背影

十二岁，我念完小学四年级的样子，春节刚过，父母就拾起行囊，到外地去务工了。我的父母在外务工有十余个年头，我最难忘的就是母亲的背影了。

母亲从小有胃病，痛到极处，她时常躺在床上翻来覆去，不断呻吟，双手捂住肚子，嘴里不停地打饱嗝。十五年前，母亲第一次外出打工的前一天夜晚，胃疼了一宿，压根儿就没睡着。

母亲从来没想过自己有一天会离开村庄，何况自己一身病痛。但，我和弟弟的成绩一直名列前茅，父母决心砸锅卖铁也要送我们念书。家里几亩地养家糊口可以，但要送出两个大学生是不可能的。父亲决定出外打工，母亲执意要一起去，父亲不同意。他们吵了起来，到了摔破碗筷的地步。父亲妥协了。

父母第一次外出的那个早晨。母亲两眼通红，脸色苍白，唯独头发梳理得好看，后脑勺翘起橡皮筋扎好的黑发。母亲左肩挎着大包，右手提着小包，含泪离乡。年还没过完的村庄，炮仗声噼里啪啦地断断续续响起，我和弟弟一路跟着父母，弟弟不听话，死也不愿意父母离开，最后索性在村子的黄泥巴路上打起滚来，被外婆强行抱回家。

我跟在母亲的屁股后面，走几步她就转过头来看看我。母亲说，回去吧！但我还是走了几百米。母亲又转过头来说，回去吧！她开始有些哽咽了。我又送了父母一里多远，母亲转过头来说，回去吧！她哭出声来。我站着不动，母亲转头跟在父亲后面。我含泪望着母亲远去的背影，越来越远。

父亲和母亲每年春节一般都会回家，偶尔几年没买到火车票，留在外地过年。父母回家过年，在家住不了一个礼拜，又捡起行李匆忙出外。每年，我和弟弟都少不了送父母一程，乡间小道上，母亲跟在父亲屁股后面，我跟在母亲屁股后面，弟弟跟在我的屁股后面，排成了一个规则的"一"字。母亲一路叫我们回去，回去吧！但我们每次也要走上个四五里路，而后，看着父母渐渐远去的背影。

从小学到初中，再到高中、大学；从农村娃到大学生，再到留在城市工作。十多年来，我们兄弟俩在父母的背影中一年又一年成长。

我最难以忘怀的是，在浙江义乌偶遇母亲的一次背影。那年，父母没有回家过春节，高考后，我去看望离别一年半的父母。我直接找到了母亲的厂子。当时，母亲左手正拿着一个干巴巴的馒头，右手扭着水龙头，弯着腰，嘴对准水龙头喝水。见到我，母亲显然有点不知所措。她转过头看见我，脸上露出了无法掩饰的惊慌。她连忙解释道，馒头干得要死，没水冲冲，根本没法咽下去。

"让妈看看你。高了，高多了，还是那么瘦，吃到哪里去了。"母亲有意转移话题，她把剩下的半个馒头咽了下去。我望着背稍微佝偻的母亲，头发早已花白，额头的皱纹也显而易见，母亲老了，我突然感觉她老了。我放下行李，借口到卫生间去一趟，还没来得及关上门就大哭了起来。这就是我的母亲，我亲爱的母亲。她的老去如此突然，转眼之间的，毫无告知的。

现在，母亲不再年轻了，硬撑着也吃不消在外务工的生活。她和父亲回到了乡下，种起了荒弃多年的地。我们兄弟俩也大学毕业了，在外地工作，每年只有春节回家住上几天。春节还没过完，村子里的爆竹声还在此起彼伏，我就匆匆离乡。每次，母亲都少不了送我。走了一程，我叫母亲回去，母亲不愿意。她又送了我一段，走了好几里才肯回去。我转头看母亲的背影，她的背影不再年轻了，花白的头发老远能看见。母亲也转身，向我招手。我含泪站着，久久不愿离开，只见，母亲的背影慢慢地远去，最后消失。

现在，我每天行走在城市里，上班下班。

我时常想起乡下的母亲：白天有时想起母亲的背影，老走神；晚上偶尔思念起母亲的背影，辗转反侧，彻夜难眠。

血脉深处的呼唤

一

晴朗的晌午，天色瞬间暗淡。天空乌云密布，若横卧天穹一堵沉重的铜墙铁壁，让渺小的村庄陷入孤绝。

一九七八年腊月二十八日，祖父坐在祖母床前。他沉默无语，毫无血色的脸苍白得如同一张白纸，落魄得像黑暗中的终结符号。他焦灼不安，却无能为力。一只凶残的野兽在祖父身体里上蹿下跳，他想拼命呐喊，却怎么也不能喊出来。

祖父始终低头弯腰贴近自己的妻子，聆听她越来越微弱的呼吸。祖母满脸一种难以言说的痛苦，口唇发绀、语无伦次，呆滞的舌头像一团瘫软的烂泥，费尽全身的力气，依然毫无动静。她像一盏绚烂的灯，只剩余烬在燃烧，冒着丝丝缕缕的青烟，暗淡的房间夹着无限苍凉，一点微弱的星火走向泯灭。

一刹那，祖母死死地攥紧祖父的手。她的眼睛灼灼盯住照进一丝光线的窗户，像星火在余烬中瞬间燃烧，光芒四射。祖母慌乱地拉住祖父，像抓住最后一根救命稻草。突然，祖母尖叫道："我的头被砍掉了。"在一片惊慌失措的叫喊声中，祖母咽下了最后一口气，带着一股怨气离开，她有太多的话不能诉说，有太多的遗憾和不舍。

窗外的村庄，天穹的阴霾缓慢散开，一阵疾风骤雨从天而降，冬雷震震，像一片鬼哭狼嚎袭击村庄。鸡在飞，狗在跳。水的呼啸，风的呜咽，雷的咆哮，汇聚成一片恐怖，横扫死一般沉静的村庄，淹没黑色的世界。

祖父紧紧抱住自己的妻子，两眼模糊望着她的遗容，呆若木鸡，两行泪水终于从眼眶溢出，流淌在冰凉的脸上，打湿了祖母遗体。

夫妻生时同心协力，死时往往是孑然一身，独自上路。一座巨大的雪山瞬间砰然崩塌，祖父的世界变成白茫茫一片。祖父透过白色的世界，看到祖母悠长的背影，若隐若现。祖父跟随祖母掉入一个悠长的隧道，巨大的黑色堆积着他和祖母，他努力地用双手抓住祖母的影子，隐隐约约……

祖母死于重症病毒性肺炎。从简单的头痛发热，到严重的呼吸衰竭，只有短暂的三天时间。身体健壮的祖母，好像中了魔咒一样，一只野兽疯狂地吞噬她，让她迷失了方向。无论祖父如何用力拽回，祖母的影子却只能越来越远。

祖母因病猝然离世，这让全家很不光彩，更让巴掌大的村庄布满阴霾，整个春节笼罩在一片恐惧之中。

舞勺之年的父亲，面对死亡，面对自己母亲猝然离世，毫无疑问是恐惧的。他瑟瑟发抖，就像一只受到惊吓的猫咪，泪眼汪汪后，他开始号啕大哭。

祖母的棺木没来得及上漆。白色的棺木和祖母短暂的人生一样，粗糙不堪、冰冷残缺。祖父在棺木的表面小心翼翼地涂上了一层层漆黑的稻草灰。猝不及防的死亡和家徒四壁的日子，让祖母离去得一点尊严也没有。她没有一件得体的寿衣，就连简易的棺木也是祖父从邻居家临时借来的。

祖母的灵柩没有进祠堂，它只能安放在屋前的草坪上。冬日严寒，灰暗的天空纷纷扬扬飘着落寞的雪花。祖母和她孤零零的灵柩，让村庄逐渐浓郁的年味夹着一股寒意和恐瞑。

按照习俗，除夕前祖母必须下葬。腊月二十九日清晨，在准备出殡前，灵柩突然散架，木板一块块掉落在地上，吓得前来送葬的父老乡亲魂飞魄散，拔腿就跑。祖母的遗体暴露在亲人眼前，她的面容祥和而僵硬，如孤独的一片枯叶，漂浮在虚空的村庄。

这幅冷寂的画面，带给父亲剧烈的疼与痛，他无疑原原本本地遗传给了我。年幼的我面对埋葬祖母的南山，这样一幅画面不断浮现在我脑海：沉静的村落，不见人影，唯独看见祖母的棺木，一条悠长的乡间小道走向远方。

祖母沿着乡间小道，一个人偷偷地离开了村庄。她越走越远，背影越来越模糊。最后，消失得无影无踪……

我们很少提及祖母。毕竟，她已经离开整整四十年了。时间可以穿透世间万物，比如坚硬的磐石，或者柔软的内心。我更意愿相信，祖母被深藏于最柔软的地方。

除了我身体里流淌的血液，还有残缺的坟墓，祖母似乎没有留下任何痕迹。祖母的坟墓在时光的过滤和洗礼中，慢慢走向残败。我蹲在祖母的坟墓前，透过墓碑边的缝隙，窥见了深不见底的窟窿，漆黑而悠长……

我们每一个都会掉入这样一个黑色的窟窿。人类世世代代将亲人埋葬：父亲把祖父母埋葬，我将父母埋葬，我的孩子将我埋葬，我的孩子被他的孩子埋葬，一代又一代，繁衍生息，入土为安。我们的归宿终究是一个黑色的窟窿。

然而，死亡的背后始终有一束明亮的光线。这束光，比死亡更加深邃，它照亮我们每一个人黑色的漫长的归路。这一束光来源于我们生生不息的血脉。

父亲迷茫的眼神里面渗透着一泓清澈，无疑是一束光照进了他的体内，给了他无限的光明。父亲给祖母挂纸，面对自己的母亲，父亲一贯沉默无言。他除草添土，把纸钱挂于坟头。最后，我和父亲久久地站立着，盯着祖母的坟墓。

蔡春秀，这是祖母的名字。

我触摸祖母锈迹斑斑的墓碑——这是我第一次知道祖母的名

字。我一字一字连贯起来读：蔡——春——秀。我的心脏就像一只不安的野兔，上蹿下跳，企图摆脱我的躯体。

我的祖母，是一个叫春秀的女人。这无疑是世界最美丽的一句诗歌。我站在祖母坟墓前感觉云暗天低变得天高云淡，狭窄的村庄豁然开朗，突兀的山峦一马平川。祖母的影子由模糊变得清晰，由遥远变得邻近，由抽象变得具体。

木谓之华，草谓之荣。不荣而实者谓之秀，荣而不实者谓之英。我的祖母蔡春秀，必定是曲眉丰颊，清声而便体，秀外而惠中。

我相信，祖母是世界上最美丽的女人。

二

我小心翼翼地翻阅族谱，关于祖母的记载寥寥一句话，"欧阳宜粲配本村王腊蔡还贤女蔡春秀，民国庚午十二月十六生"。欧阳宜燊是我的祖父，出生于1928年9月28日。

1930年12月，蒋介石结束同冯玉祥、阎锡山的中原大战之后，立即掉转枪口，调集约10万人兵力，国民党江西省政府主席、第9路军总指挥鲁涤平为总司令，师长张辉瓒为前线总指挥，采取"分进合击、长驱直入"作战方针，发动向中央苏区第一次大规模的军事"围剿"，扬言三个月内消灭我军。也就是祖母出生当天，1930年12月16日，各路"进剿"军深入中央苏区中心区域，一时间宁静的赣南硝烟弥漫，顿时陷入一片白色的恐怖之中。

我的家乡兴国县枫边乡地处赣州市北部边陲，群山逶迤、高山林密，是兴国早期农民革命斗争的发祥地之一，也是五次反"围剿"硝烟弥漫的战场和隐蔽休整地。反"围剿"期间，毛泽东、朱德率领3万红一方面军在兴国县枫边乡白石村（今城岗乡白石村）进行了著名的"白石休整"。一夜间，百余户人家的白石村，突然间来了数万红军。为供应红军的口粮，村民用剪刀将部分成熟的谷穗一穗一穗剪下，家家户户倾其所有，用"剪黄"的办法解决了3万红军口粮。半个月的休整，使红军主力养精蓄锐，兵强马壮，待机破敌，挽救了中央红军，更挽救了中国革命。

客家村落深藏于崎岖而险峻的峡谷长廊，两岸青山苗竹连绵，山峦重叠、郁郁葱葱。一条河流由南向北从村中穿行而过，这里堪称"兴国丝绸之路"，是古代兴国商贾、脚客往返庐陵的重要通道，光滑的石板路和马蹄窝，依稀可见这里古代商旅云集穿行的繁忙景象。

客家村落北接吉安，一脚踏出便踩在了被誉为"东井冈"的青原区东固畲族乡和活捉张辉瓒的地点永丰县龙岗畲族乡。1930年10月至12月底，第一次反"围剿"期间，红一军团第12军35师活动在我们村庄，执行毛泽东"集中兵力、先打弱敌、各个击破"战略方针。

正值隆冬时节，北风阵阵、寒气袭人，国民党空军在中央苏区境内狂轰滥炸。一天晌午，突然三架敌机贴着树梢飞进了宁静的村庄。听到响声，正在房间里躺着休息的曾外祖母挺着大肚子出来看热闹，不料敌机一连扔下三个炸弹，吓得她慌忙地蹲在屋前的一棵茶树下。还好，炸弹扔在了村中央的水塘里面，瞬间溅起一片泥浆。曾外祖母被溅得满身是泥巴，她吓得抱头大哭，丝毫不敢动弹。

还在娘肚子里的祖母被外面剧烈的响声吵醒，她手舞足蹈地踢打曾外祖母的肚皮。曾外祖母摸了一下自己挺起的大肚子，半天才缓过神来，意识到自己是一个孕妇。随后，受到惊吓的曾外祖母感觉一阵又一阵隐隐约约的疼痛。这种痛由弱到强，由远而近，从下往上，越来越剧烈。她不得不蜷缩在冰冷的地面上，放声啼哭，难受至极的她恨不得用手把肚皮扒开，恨不得把头撞在地面坚硬的石头上。疼痛铺天盖地而来，像浩浩荡荡的敌军向村庄鱼贯而入时弥漫的杀气，恐怖死死地包裹着小小的客家村落。

曾外祖父听到哭喊声，从房里冲出来，他抱起自己的妻子躲进了村里的防空洞。曾外祖父放下曾外祖母就奔向村口，去请接生婆。抬头看见空中轰鸣的三架敌机，他像一只受到惊吓的敏捷的山鹿，在村庄拼命飞驰，他的身体因恐惧变得轻盈，瞬间变成一只飞行的动物，一双坚硬的翅膀把他推向半空中，仿若一支离弦的箭射出山坳，急速驶向远方。曾外祖父感觉一片凶猛的洪流将从天而降，淹没并吞噬他。

在炮声隆隆的战火中，我的祖母呱呱落地。她比预产期提前了一个月来到人世间，从此开始了她短暂的一生。

在祖母出生的十天时间里，枫边一带枪声大作，张辉瓒部队缩回吉安龙冈，被中央红军主力重重包围。1930年12月30日，祖母出生的第15天，毛泽东同朱德一起登上小别山指挥战斗，活捉了张辉瓒。至此，国民党对中央苏区的第一次大"围剿"宣告失败。

祖父在世时，经常和我们讲那一段发生在村庄艰苦卓绝的革命故事。我们村庄一大批贫苦工农踊跃参军，仅仅200余人的村庄，就有30名青壮年走到了战斗的前线。我在翻阅《兴国枫边乡史》时看到上面这样记载："10多名开国功臣沙场驰骋、横刀立马，787名革命英烈铁骨铮铮、血洒疆场。"我还看到这样一个感人的故事：一名前线伤员流血不止，伤情严重，生命危急之时，一贫如洗的老人将家中仅有的一只老母鸡杀了，炖了一碗汤喂到伤员口中。红军伤员万分感激，弥留之际，他仍挣扎着，硬是把身上仅有的三块银圆塞到老人家手中。老人坚决不收，伤员着急，露出痛苦的神情。老人怕伤员伤心，勉强把钱收下，伤员这才满意地点了点头，慢慢闭上了双眼。老人看到眼前这一幕，泪如泉涌。事后，老人把三块银圆交给了红军。

万里长征路，里里兴国魂。兴国是著名的"将军县"，光牺牲在长征路上的兴国籍烈士就有12038名。

战火中出生的祖母，在浸染着烈士鲜血的土地上成长，在客籍人繁衍生息的家园延续血脉。1949年10月1日，中华人民共和国宣布成立。那一年，祖母19岁，她嫁给了我的祖父。

人到中年，我会经常不断地假设祖母的模样：她的身高、肤色、体型、五官、发型等；她的声音、性格、脾气、秉性、气质、智商和情商等。她外表或许楚楚动人，或许长相一般，也或许有些难看。她性格或许温柔体贴，也或许脾气暴躁。她或许生动机灵，也或许笨拙不堪。她或许通情达理，也或许胡搅蛮缠。

在我的世界，祖母的人生就像子宫里生长的孩子，在呱呱落地之前，一切都是秘密的，未知的，抽象的。孩子，终将出生和成长。然而，我与血脉深处的祖母，却永远无法相见。

三

四十年前，在暗红的夕阳中，父亲似乎看到了自己母亲恍惚的影子。她是缥缈的，又是真实的。他在等待，等待消失的祖母出现，内心的恐惧远远超过等待的焦急。

1978年除夕下葬的祖母，留给世界四个可怜而孤独的男人，还有一贫如洗的家庭。那一年，我的叔叔还未满十周岁，我的父亲刚好15岁，我的伯父20岁不到。

祖父在世时，和我谈起这段疼痛的家族史时，常常是热泪盈眶，甚至是失声痛哭。不仅是他，还有我的父亲、叔叔和伯父，每当谈到那些年的日子，好比往一个伤口肆意地撒一把盐，带来一阵阵剧烈的疼痛。

2019年清明，我和父亲踏着蜿蜒的小溪，劈开茂密的荆棘，回到了处在深山老林中的老家。这个叫作桐家洲的地方，实际上是一个巴掌大的山沟，离外面的村庄有十多公里。它被群山环抱，前有静静流淌的小溪，后有重峦叠嶂的青山。我站在自己的出生地，这一片荒芜之地，一片无限的苍凉。我们居住的土坯房早已不见踪影，唯有眼前一棵熟悉的枇杷树依然还在，它孤零零竖立在时光中，告诉我，这就是我们曾经生活的家园。我站在枇杷树下，父亲用手机给我拍照。他叫我笑一笑，笑一笑。我始终表情严肃，怎么也笑不出来。

桐家洲埋葬了我的祖父和祖母。安葬他们的坟墓，同样是杂草丛生、布满荆棘，随风摇曳的芦苇，是一道充斥着尖锐疼痛的屏障，晃晃荡荡画出了一道弧线隔着阴阳两个世界，硬生生将我和他们分割开来。

我在世界这头，他们在世界另一头。

祖母去世的时候，桐家洲只有我们一户人家，两间土坯房，一间用来住，一间堆放杂物。房间摆放着两张床，四个男人挤在一起。清晨，天蒙蒙亮，祖父和伯父从桐家洲出发，到大队去劳动。每天，15岁的父亲留在家里洗衣做饭、劈柴挑水、放牛喂猪，把家打理得有条不紊。父亲把晚餐张罗好后，他就和叔叔站在家门口等待祖父和伯父归来。夕阳落下，桐家洲的天空开始暗淡。流进暮色的潺潺溪水，贯入黑色的袅袅炊烟，让桐家洲显得更加冰冷与寂静。两个孩子不敢待在自己母亲去世的房屋里。一想到祖母临终前喊道的那一句"我的头被砍掉了"，他们就瑟瑟发抖。父亲和叔叔只有坐在乌漆墨黑的寒风中，等待祖父和伯父举着火把回来。直到三年以后，父亲才敢一个人走进祖母居住过的房间。

漆黑的夜晚，寂静的桐家洲传来一阵阵凄厉的啼叫声。悠长的声音萦回在空旷的夜色中，回荡在空山幽谷。父亲内心像燃烧着一片灼热的火焰，又像横卧着一块冰冷的铁石，热得焦躁不安，冷得瑟瑟发抖。他黑暗中的身体，一动也不敢动。祖母的影子似乎越来越近。随后，好像传来了轻轻的叩门声音。

第二天清晨，太阳照常升起。桐家洲依然是桐家洲，太阳依然照在祖母坟墓上。唯有，桐家洲那一只孤独的猫头鹰，父亲从未近距离见过。从声音判断，它应该面目狰狞，长相丑陋，充满杀气。然而，正是这只孤独的夜兽，陪伴了同样孤独的祖母。

安静的晌午，一只五颜六色的蝴蝶停留在门槛，它似乎在打量着屋子里的一切。祖父被一只美丽的蝴蝶吸引。它静静地在老屋的门梁上歇息，茸茸的蝶衣，斑斓艳丽，散发出柔美的光芒。祖父盯着这只蝴蝶，泪眼汪汪。毫无疑问，祖父看到了自己妻子的影子。

父亲告诉我，祖母去世后，祖父也想过再娶。经媒婆介绍，他跑到隔壁乡镇和一个寡妇见过一面。最终，祖父没有看上她。他一个人回来了。后来，祖父就再也没有提过续弦的事情了，直到他去世。

祖父去世那一天，久卧病床的他竟然变得十分精神，他第一次也是最后一次提及他们夫妻俩一些琐碎的往事：新婚燕尔的甜蜜，柴米油盐的日子，家长里短的争吵……

几天没有进食的祖父告诉父亲，他想吃大肉包。父亲奔向几公里外的圩镇，血脉的召唤，让他感知到即将发生的一切。父亲不由自主地加快脚步，他感觉到自己母亲喊他回家。祖母告诉他，祖父在等他。

祖父等到了父亲，但他并没有咽下父亲买来的大肉包。他不断地呼唤祖母的名字，我看见祖父的嘴唇在微微颤抖，我看见它走向静止的细微过程，像深秋一片飘零的叶子从空中缓慢地下沉，像黑夜中燃烧已尽的油灯走向熄灭。

我跪在祖父潮湿的病榻前，看着离去的祖父，眼前一片模糊。我低下头，不禁泪流满面。父亲依然是沉默不语，但我分明窥见一群凶残的野兽在他身体里上蹿下跳。父亲想拼命地呼喊，他要把蹂躏自己的野兽，从喉咙里痛快地吐出来。但是，父亲使出浑身力气，也没有摆脱野兽的折磨。

父亲也跪在地上。他点燃蜡烛，不停地燃烧纸钱，把潮湿而阴暗的房间照得发亮，空气烟雾弥漫。纸钱的余灰随着蹿烧的火焰腾空而起，在房间打了好几个转后，徐徐落下。

我和满屋子的亲人都在号啕大哭，哭声像激烈而嘈杂的潮水般淹没年幼的我，淹没离去的祖父，淹没空旷的世界。

我从祖父房间里出来时，阳光已经暗淡下来了。我独自含泪坐在风中，一群暮鸦瑟缩在灰暗的黄昏。我想起儿时，自己偎依在祖父的肩膀上。他喜欢唱一首叫《打支山歌过横排》的山歌——

> 哎呀嘞哎！打支山歌过横排，横排路上石崖崖。哎呀嘞，哎呀走了几多石子路，你几晓得喔心肝妹，着烂几多烂草鞋。哎呀嘞哎！打支山歌过横排，横排里格路上石崖崖。哎呀走了几多石子路，你几晓得喔心肝妹，着烂几多烂草鞋。
>
> 哎呀嘞哎！哎呀嘞哎！哎呀嘞哎！哎呀嘞哎！哎呀嘞哎！哎呀嘞哎！哎呀嘞哎！哎呀嘞……

他说，自己就是那个穿破草鞋的人。他咯咯地笑了起来，过后又哭了起来，他又是哭又是笑又是唱的。

五年前，我阴差阳错来到医院工作，更加深切地体味了生、老、病、死。它们是任何一个生命都无法回避的问题，是每一个人的归宿。我们都终将化为灰烬，与大地融为一体。

在潮湿而灰暗的医院，当看见行走的孱弱背影，我似乎看到了祖母模糊的影子。我努力地奔跑，想抓住祖母移动的影子。在重症监护室，眼前白茫茫的一片，昼夜不停的灯光照亮生与死的边缘。每一个病人就像悬挂深秋干瘪的瓜果，麻木而枯萎。我看见，每一个患者都像自己死去的祖母。

她绰绰悠悠的影子，无时无刻不晃荡在我心里，重得像压在我心底的秤砣，让我喘不过气，轻得像断线的风筝，带我迷失方向。

四

1961年春天，青黄不接的日子，31岁的祖母拖着沉重的影子行走在桐家洲的田埂上挖野菜、拔草根。饥饿让而立之年的祖母双腿发软、两眼发黑，她连自己的影子也挪不动了。为了节省力气，祖母干脆跪在田埂上，一边挖野菜，一边小心翼翼地将膝盖往前移。她抬头仰望天空，眼睛直冒金星，额头不禁渗出一片虚汗。

祖母背着一箩筐野菜回家，走到一个不足一米宽的田坎上，本以为可以成功跨过去，没想到她高估了自己。一阵眩晕，祖母掉进了一丘冷水田的深渊，淤泥的漩涡无情地吞噬她，她的身体一步步缓慢下沉，一步步被淹没。祖母惊慌失措，她拼命地呼喊祖父的名字。闻讯而来的祖父迅速跳进水田，把祖母从鬼门关拉了回来。

起死回生的祖母全身瘫软地躺在田埂上，她抚摸着自己微微凸起的肚子，哀声痛哭。这是她的第三个孩子，我的父亲。

那一年，正值困难时期，一日三餐，变成两餐。餐桌上，祖父端给祖母一碗稀米汤。10岁的姑姑和5岁的伯父看得眼睛发亮，祖母不舍得吃，她分给了两个孩子。孩子吃完后，祖母用舌头舔一舔碗底残留的米浆。1962年2月，在极端困难时期，祖母生下我的父亲。

父亲完全遗传了自己母亲良好的基因。他个子高大、性格温和，干活手脚麻利。束发之年，他干家务、做农活已经是一把好手。他开始承担起所有的家务，一边念书，一边照顾弟弟，为在大队劳作的祖父和伯父洗衣做饭。

1979年炎夏，17岁的父亲初中毕业，他以全乡第三名的成绩考入县里最好的高中。父亲奔跑在炎热的夏天，他感觉一只兴奋的兔子在自己胸前活蹦乱跳，在回村庄的崎岖山路上，他翻了好几个跟头，又迅速爬起来。他全身沾满了泥土和汗水，脸上跌得青一块紫一块。父亲满头大汗跑到村庄，气喘吁吁地把消息告诉正在大队干活的祖父。

没有经历过困难时期，就不知道什么是真正的饥饿。显然，我的祖父被饿怕了。在他眼里，粮食比什么都重要，甚至比命还金贵。人高马大的父亲，不仅力气大，手脚还灵活，是种地极好的劳动力。祖父对父亲说，读书有什么用，读书能当饭饱？

父亲奔跑在稻田里，他冲向黑夜，夜色淹没了他消瘦而单薄的身体。他久久地伫立在田埂上，热泪不禁夺眶而出。那一刻，父亲体内似乎隐藏了成千上万只蚂蚁，在他心脏游走，带给他万箭穿心的痛。父亲想到了自己的母亲，他多么希望她还在世。

父亲最终与命运妥协，他读高中的名额被同乡的一名干部子弟"调包"了。那一年，父亲提前结束了青涩的学生时代，埋头融入田野，开始当起了农民。

1981年春天，家庭联产承包责任制大范围在中国农村铺开。忽如一夜春风来。当年53岁的祖父，听到分田到户的消息时，突然感觉有一股温暖的激流在全身上下涌动。每天，祖父都起早摸黑，带着三个年轻力壮的儿子下地耕作、上山采摘，干得热火朝天。

秋收的季节，父亲站在桐家洲的田埂上，安静地凝望沉甸甸的稻穗，脸庞映衬出一丝柔软的光辉，远处涌来阵阵金色稻浪。血色的夕阳中，父亲仿佛看到二十年前自己母亲的影子：她挺着肚子，艰难地行走在田埂上，跪在地上挖野菜、拔草根。此时，祖父坐在厨房的灶台前，通红的火焰照射着他的脸庞。灶里的柴火把锅底烧得通红，锅盖被热气不断地掀起落下，有节奏地发出嘀嘀嗒嗒的响声，米饭的清香伴随着热气弥散开来。

祖母1978年去世后，村庄的人提及桐家洲，说得最多的是四条光棍。没有谁家的姑娘愿意嫁到这个深山老林，何况是四个男人，何况还家徒四壁。在长达五年艰辛而落寞的时光中，老实本分的祖父和他三个儿子，以汗水和泪水，用沉着与隐忍，延续血脉，艰难前行，在伟大时代的滋养下，终于迎来曙光。

先是伯母嫁进桐家洲。第二年深秋，父亲来到大队茶油坊榨油。油坊主事的外祖父看到父亲憨厚勤快，主动要把自己的女儿嫁给他。父亲自己心里却是打退堂鼓，怎么也不敢答应这门亲事。他告诉外祖父，自己家里没有钱。外祖父哈哈大笑说，我不要你们家的钱。当年，操办一门亲事需要礼金2000至3000块钱，而我们家只有100多块钱。家境殷实的外祖父，自己把大女儿送到了桐家洲。五年后，外祖母又把自己的小女儿嫁给我的叔叔。

20世纪末，祖母离开整整20年，我们搬出桐家洲时一共有13口人。已是古稀之年的祖父来到祖母的墓前，失声痛哭，他一遍又一遍喊祖母的名字：春秀……春秀……

祖母在天之灵，一定看到了一切。

五

血脉，是一束明亮而纯洁的光，生长出我们继续活着的哲学与诗意。父亲透过这束光，在黑暗中看到了祖母的影子，也找到了继续前进的光明。

20世纪末，正月一个漆黑的夜晚。村庄还在沉睡。母亲从床上爬起来，在乌漆墨黑中走进厨房，她在灶台前划了一根火柴，瞬间把整个桐家洲点亮了。

火光爬在母亲忧伤的脸庞上，透过通红的光线，可以清晰地看见两行滚烫的泪水在她脸颊静静地流淌。锅里正在煮的是酒酿蛋。米酒、鸡蛋和白糖交织在一起的醇香在热气中蒸发，香气从厨房散开。酒酿煮鸡蛋是我们客家人待客的最高礼仪。酒酿蛋是为即将远行的父亲准备的。父亲上一次吃酒酿蛋还是到外祖父家提亲，外祖母给他煮的。

父亲吃完酒酿蛋，放下筷子，打开手电筒，挑起行李走出了桐家洲。父亲肩膀上的扁担原本是用来挑稻谷的，现在挑的是母亲为他准备的外出行李。发黄的蛇皮袋里装满了父亲一年四季穿着的衣服，还有腊肉、霉豆腐、菜干、米果、红薯干……父亲的解放鞋踩在湿滑的田埂上，挑着沉重的行李，嘎吱嘎吱，依依不舍离开了村庄。母亲站在桐家洲，看到手电筒的光越来越远，最后消失在远方。

天亮时，父亲抵达了乡镇。一丝丝明媚的晨曦打在父亲身上，他抬头望见东方光芒四射，一轮朝日冉冉升起。父亲坐上第一趟班车从乡镇出发，到县城，再乘坐绿皮火车。

父亲把眼光投向窗外，全神贯注地凝望往后移的田野、群山和房屋。这是他第一次远行。他想到了十年前，县里来乡里征兵。父亲背着祖父偷偷报名应征。前来征兵的首长第一眼看到父亲就说，这个男孩我一定要带走。通过全面体检合格后，父亲收拾行李，准备光荣入伍。祖父却以死要挟，拦住了父亲。

父亲想到十年前的场景，不禁泪流满面。他迷迷糊糊地进了城市。在水泄不通的火车站，父亲高大魁梧的身体也被架空，他被滚滚向前的人流推向了站台。一辆气喘吁吁的列车从南方开进了站台，顿时引起人群一片混乱。

父亲在绿皮车缓慢开动后，拼命地追赶，在列车即将驶出站台的瞬间，同行的老乡将父亲从火车窗户拽了上去。父亲的一只解放鞋掉落在站台，最终落在铁轨上。列车从解放鞋上面呼啸而过，沿着京九线，一路向北。

父亲要去的地方叫作山西大同。

20世纪末开始，一场人类历史上规模最大的周期性大迁徙在中国上演。这场被称为"春运"的大迁徙影响和改变着亿万中国人的命运。

父亲在外过得并不体面。他像一个懦弱的城市农夫，赤脚奔跑在都市宽宽的大马路，蜗居在城市某个角落。他时不时会后悔当年自己鲁莽的选择，怀念起桐家洲清贫的生活，渴望着充满阳光的日子。

1998年，炎夏，为了给我寄学费，父亲小心翼翼地走在山西大同的街上，生怕踩死一只蚂蚁，但他还是被车子撞倒了，不仅自己进了医院，我的学费还被肇事者一抢而空。走投无路的时候，父亲狠狠地给了自己几巴掌。2002年，寒冬，和父亲一起下煤井的远房表叔，再也没有上来。在黑暗和绝望中，父亲一边歇斯底里，一边用双手搬运着瓦斯爆炸掉落的石头，希望找到表叔的尸体，以及自己生存的希望。那次事故发生时，父亲紧贴在表叔身后。他与死亡只有一步之远。从那以后，父亲再也没有下过矿井，在车间埋头苦干一晃就15年。父亲说，为了活命，他一个笨手笨脚的大男人干了大半辈子女人的针线活。

夜深人静的时候，父亲时常辗转反侧，他自然想到了自己的母亲。我整天对着远处埋葬祖母的山丘发呆，等待父亲归来。我甚至常常想着，父亲会不会突然从祖母的坟墓里冒出来。不久，一张汇款单让村庄炸开了锅，目不识丁的母亲拿着单子，到镇里取回了两张百元钞票。这时，村庄的人按捺不住了，纷纷丢下锄头，放下卷起的裤脚，收拾行李外出"搞副业"。

和父亲一样，我的父老乡亲独在异乡经历了一个又一个酸甜苦辣，体味了人世间一次又一次喜怒哀乐。当他们背起行囊踏上迁徙的路途时，就注定选择了离别和孤独，选择了沉默和忍受，选择了思念和泪水。

我表哥，他考了好几回师范，屡屡失败，初中毕业后，不得不外出打工。他到山西的矿井下待过半天，吓得直打抖，最后哭了起来，还吓尿了。后来，天南地北的，他去过福州、南昌、广州、上海等好几个城市，下过工地，做过流水线，没钱的时候睡过大街，当"三只手"的时候，听说被人打得头破血流。我的同学贱狗，15年前年离开村庄，至今杳无音信，他父亲前些年在寒冬中去世。现在，他的老母亲每天都到村口伸长脖子，盼望着儿子回来给自己养老送终。我小学同学玉兰，外出的第一年就被骗去做了小姐。她年迈的父母因为脸上没有光，偷偷地搬出了村庄，谁也不知道他们去了哪里。村东的王春生连续加了好几个通宵的班，最终迷迷糊糊地猝死在洗手间，丢下一对还没有成年的双胞胎儿子。村口的老刘在制衣厂打机器，一不小心把自己的右手给弄没了。桥头李家的三斤生，两口子高高兴兴去东莞打工，结果却是一个人骂骂咧咧地回来，他气愤地说，那骚婊子跟有钱的老板私奔了。金根生外出"搞副业"的时候才14岁，听说在外面吃喝嫖赌、坑蒙拐骗，两年前进了班房。村庄的人都说，他是村里的污点，是村庄的黑名单，永远不要再回来。

我时常夜深人静时辗转反侧，想起一连串熟悉而又陌生的名字，彻夜难眠。春节至，归故乡。宁静一年的故土开始了短暂的热闹。除夕夜，此起彼伏的爆竹声中，游子们在祠堂神台正下方摆上一张八仙桌，桌面放好煮熟的全鸡、猪肉，摆上茶酒，点燃香火和蜡烛，祭祀祖先。

如今，村庄成了一个空心村，原来看得比命还金贵的土地荒废多年了。父亲说，地里长的草，比人还要高，年轻人不懂得二十四节气，压根儿就没有下过地，更不要指望会种地了。打工赚到钱的乡亲们纷纷在自家耕地上建起了一栋栋标致的新房子。

他们盘算着，自己终老的时候，还要回到村庄，延续生生不息的血脉。

六

我不知道为什么，更不知道从什么时候开始，自己沉浸在对祖母的思念之中。

漂泊他乡，人到中年，面对昏暗的世俗，我便愈来愈疯狂地想念起自己的祖母。这种感觉好比甜蜜而朦胧的初恋，让我执迷不悟，让我寝食难安，让我欣喜若狂。

因为祖母，我似乎找到生存的某种特殊的意义。

她似乎无时无刻不依附在我单薄的体内，给了我无形的磅礴的力量，在黑暗、纠葛、矛盾、痛楚、绝望之中，她就像一束明亮的光线，给予我继续前行的勇气。让我漂泊的身体有所依仗，让我心脏在跳动，血液在流淌，生活得以继续。

她似乎又经常从我体内突然抽出，让我不断地苦苦寻找。夜幕降临，我赤脚奔跑在城市，冲向恐惧的黑色，拼命追逐祖母的影子，心脏剧烈地跳动，脚步急促、内心呐喊。

我从桐家洲迁徙到县城，从县城迁徙到另外一个城市，从城市的一个角落迁徙到另一个角落。我第一次离开桐家洲是在15年前，那年我考上了县里最好的高中。从此，我开始了人生漫长而艰难的迁徙。

那一天，从来没有踏出桐家洲半步的母亲，坐上了一辆前往县城的农用车。我和母亲坐在车斗上，桐家洲离我们越来越远，土屋、田野、河流、山岭、乡间小道、拱桥、父老乡亲……最后一一消失。严厉了大半辈子的母亲，按捺不住高兴，脸上笑开了花。

我望着连绵起伏的群山，心底竟有说不出的滋味。桐家洲，我似乎第一次感受到它的存在，感知了这三个字的分量。生我养我的桐家洲，这辈子我注定因它而生，为它而活。这次迁徙，彻底改变了我的命运。我开始踏上一趟永远也回不了头的列车，驶向未知的世界。

2009年，夏。从大学生宿舍搬出，我租来一辆三轮车，大包小包往车上一放。我羞涩地坐在堆满行李的车斗上，驶出校园，穿梭于城市的宽马路、大桥、十字路口。一路上，我环顾四周来来往往的车辆，抬头仰望林立的高楼大厦，再看看与城市格格不入的自己。我埋下头，感觉到自己就像一个小丑，赤裸裸地奔跑在城市。毕业五年，我和妻子先后换了五个住处，无非是房租太贵，或者离单位太远。我们蜗居过不足10平方米的地下室，经历过身无分文的日子……

2013年，春。我搬进新家。单位一位有才善书法的领导为我写下一副对联："山乡子弟自然勤奋凭力气更凭智慧创下整个家业，客家儿郎原本勇敢靠人为也靠天佑开拓一片江山"，横批"兴国兴家"。

我小心翼翼地将对联贴在大门口。我反复吟诵对联时，声音哽咽了起来。最后，面向对联，我想到埋葬在桐家洲的祖母，泪流满面。

我似乎开始相信命运，也似乎明白，世间万物都逃脱不了盛衰与生灭。人到中年，我常常是身心疲惫，却难以入眠，头发开始变白，身体开始有毛病。

然而，因为祖母，我学会沉默与忍耐，一切都开始变得释然，变得简单，变得明朗。

我似乎开始明白，自己从哪里来，要到哪里去。

这种奇特的巨大的力量，伟大而美妙，她来自我从未谋面，且今生无法相见的祖母。这种感觉是熟悉的，又是陌生的，是触手可及的，又是遥不可及的。

在桐家洲安然入睡的祖母，离我很近，近得只有一块墓碑的距离，离我又特别遥远，她是我这辈子永远无法看见，更无法触摸的亲人。

清明，我逃离城市，回到村庄。噼里啪啦的爆竹声，唤醒了沉睡的亲人，也唤醒了活着的人。一座座坟墓好像都纷纷敞开了门，迎接子孙后代前来缅怀祭扫。活着的人，面对已故的人，内心也是敞开的。不管是爱还是不爱，不管是恨还是不恨，在安静的坟墓面前，一切尖锐都变得柔软，仇与恨得以融化，心结自然打开。

我仰望向上的山坡，透过晌午温暖的阳光，我看到了祖母的影子。她的笑容像一簇簇微微开放的花朵，既有藏于内的含蓄，又有显于外的坦直，恰到好处的美，让我迷醉。

我感觉有一股强大的暖流在血液里面激烈地涌动着……

父亲进城

一

在赣南老屋的屋檐下，我和父亲安静地坐着，半晌也没有出声。雨一直下，阴雨寡照的天气持续了大半个冬季，世界冰冷而湿漉。

黄昏骤然降临。山居的光线愈来愈暗淡，眺望远山的峰顶，可见微弱的白茫茫的一片，寒风从点缀着一座座坟墓的山坡或缓慢或急促地吹来，充斥着炊烟、流水、泥土的味道，湿漓漓的灵魂，夹裹着尖锐而柔软的疼痛。

我陷入了沉思，想到父亲一天天老去，所谓父子一场，今生缘分已过半，悲伤情不自禁地涌上心头。

父亲黝黑的脸庞长着熟悉而陌生的皱纹，粗糙的双手布满顽固而永恒的厚茧，身体深处藏匿的每一个器官，都在一天天走向衰弱。父亲的身体就像一个生锈老化的机器，离罢工的日子越来越近了，又如同他和母亲居住的被时光过滤成千疮百孔的土坯房一样，可以预料，终究将在某一个风雨交加的深夜砰然倒塌。

我隐约感觉到父亲要说什么，但他几次欲言又止。我和父亲一样，都不善言辞。也许，和我一样，城市的现实生活让父亲学会保持一贯的沉默。这些年，我们父子俩的交流几乎为零，聚少离多的日子让我们变得陌生起来。

表面平静如水的父亲，此刻，内心应该是焦虑不安的。热闹的春节已过完，今年的去处在哪里？即将步入花甲之年的父亲，好像站在了人生的十字路口，眼前一片迷茫，更像走到了绝路的尽头，无处逢生。

一辈子靠苦力为生的父亲，从上世纪九十年代初开始，抛下土地，离开村庄，走南闯北，撑起了一个家庭。无一技之长的父亲，身体开始衰老的父亲，一辈子老实巴交的父亲，到今天这个尴尬的年龄，是继续进城务工，还是待在村庄呢？这是他每天思考最多的问题。

同样坐立不安的还有我一大堆上了年纪的父老乡亲。年轻时，他们如同疯狂的潮水似的离开熟悉的村庄，涌入陌生的城市，在城市一隅夹缝中生存，以体力劳动支撑沉重的生活，缓解命运的疼痛。

现在，对他们而言，陌生的城市变得熟悉，熟悉的村庄显得陌生。春节一过，村庄就像一个焦灼的热锅，越燃越热，乡亲们一刻也待不下去了。他们就像一只只努力逃离村庄的蚂蚁，寻找着各自的卑微的生存之道。父亲好似热锅上一只体力不支，最终走向迷茫的蚂蚁。

我的父亲，他在乡亲们眼里，应该是可以光荣"退休"了。我和弟弟在城市都有一份体制内的工作，这不仅让沉默寡言的父亲偶尔口若悬河，兴高采烈，也佐证了乡亲们认为父亲可以不再进城务工的说法。父亲应该到城里享清福，这是乡亲们众说纷纭的看法。父亲内心是怎么盘算的呢？我无法准确揣摩。但是，乡亲们一遇见父亲便问，你怎么还不到城里去住？这让父亲感觉老待在乡下很不自在，很没面子。

事实也是如此，干农活利索的父亲，年轻时上山伐木、下田耕地，样样精通。离开村庄二十年后，他对所有的农活变得生疏起来，土地变得生疏起来，村庄的一切变得生疏起来。

夜色降临，山村万籁俱寂，唯有屋前从山涧引来的溪水滴滴答答地作响。白天瑟瑟颤动的鸡、鸭、鹅，陆陆续续躲进了屋檐下简陋的柴火间。早晨，三岁的女儿数着家里还有九只老母鸡，到了下午，她一遍又一遍地数，就是少了一只鸡。她窜来窜去，到处在寻找。女儿两岁回乡，走过一次，她就识回家的路。几次，我们走亲戚，天一黑，她就号啕大哭闹着回家。或许，面对黑暗，女儿只有在自家老屋才踏实和安心。

此刻，母亲正在厨房。灶里的柴火烧得通红，窜动不停的火焰袭击着同样通红通红的锅底。锅里的鸡汤热气腾腾、香气袭人，锅盖被热气不断地掀起落下，有节奏地发出嘀嘀嗒嗒的响声。就这样，时间不经意间地静悄悄流逝。

我努力在寻找父亲年轻时的模样，但记忆模糊而简单。我想到一个雪花飘落的傍晚，我在父亲背上，那时的父亲是那么高大，那么雄壮。我双手紧紧地勒住父亲的脖子，父亲双手手指交叉往后端着我的屁股，他一脚一脚地踩在厚厚的积雪上，我转头往后看，一路弯弯曲曲的脚印。当年，我感觉回家的路很漫长，不记得过了多少的桥，拐了多少个弯，爬了一个又一个山坡，却一直没有到家。我默默地数着父亲的脚步声，慢慢地在他背上入睡了。

等我醒来，已经是次日清晨了。一束阳光照射进房间，柔软、暖和、温馨。窗外，天色格外明亮，白雪皑皑。

二

二十五年前，而立之年的父亲在正月噼里啪啦的爆竹声中含泪离开了村庄，离开田野、河流、山岭、乡间小道，远离亲人、乳名、方言、宗祠、家谱……从泥土出生，在泥土上成长的父亲，深深地扎根于土地的父亲，原本这辈子只能与土地相伴。然而，父亲进城了。

父亲奔跑在城市的时候，正值黄昏放学，我和比自己小两岁的弟弟被村小的老师留在了欠学费的行列。孩子们都低着头，谁也不敢吭声。弟弟因站姿不好，老师走到他身边，掏出他书包里破烂得恍若雪花一样的书，高高举起，扔向半空。傍晚时分，村庄显得十分安静，只有那本破烂不堪的书逆风向上、顺风向下的哗啦声。它就像一个无知的小丑似的，在一群年幼的孩子眼前滑稽地表演着。

终于，夜色降临，我和弟弟奔跑在回家途中。路过村西口，突然一条陌生的疯狗追来，我们一路疯狂地奔跑，横穿昏暗的村庄。就在我们奔跑的过程中，弟弟一只破烂的鞋被甩向了黑暗的夜色，我们无暇顾及，继续奔跑，冲向黑色的世界。

进城务工的父亲，他的世界全部是黑色的，他的世界又几乎没有半点黑色。从江西兴国至浙江义乌的 K470 次绿皮车，它在暮色时分缓慢开启，轰哧轰哧地驶入黑色。

一路向前的火车，慢得就像一个佝偻的老人，伴随着哐当哐当的声音走走停停。火车穿过漆黑的夜晚，途经荒无人烟的旷野，繁华璀璨的城市，奔腾不息的河流，深不可测的隧道。车厢内有人窃窃私语，有人咳嗽不断，有人呼噜起伏。父亲想到了村庄：连绵起伏的群山、蜿蜒壮观的梯田、依山就势的土屋、清澈见底的河流、金黄灿烂的庄稼……

长时间的站立，让年轻的身体健壮的父亲也感觉疲惫不堪，他不知道自己什么时候开始席地而坐，他蜷缩在列车厕所旁，烟雾缭绕、臭气熏天，身边还有一摊臭水。尽管如此，身心疲惫的父亲很快进入了短暂的睡眠状态。不过，为了给来来往往上厕所的乘客挪位置，父亲睡得并不踏实。在这一趟没有尽头的列车里，父亲煎熬得几乎陷入了绝望。

工厂是黑色的又是白色的。它隐藏在一条潮湿而灰暗的狭窄小巷子里，冰冷的铁门让这家小作坊似乎与世隔绝。深夜，忙碌而嘈杂的生产场面与冷清的小巷形成了强烈的对比。

清晨，铁门外的世界苏醒了，沉静了一晚的巷子开始了白天的热闹，进城务工的农民脚步匆匆，走走停停的三轮车拉着热腾腾的包子、馒头和豆浆，在一家又一家工厂门口短暂停靠。

我清晰地记得，工厂进门右边是一排水龙头，我几次看到父亲用嘴直接对着水龙头咽干涩的馒头。进门左边是厨房，经常拥挤着炒菜的工人。工厂一楼整层是一个偌大的车间，二楼是老板的住家，三楼四楼是一个个小的车间，五楼是集体宿舍。一楼门口经常坐着肥胖的老板，他身材魁梧、胡子拉碴、声音洪亮，他要么挺着一个啤酒肚在车间走来走去，要么就在办公桌不停地按计算器核算货物的数量。老板娘身材消瘦、脚步急促，化淡妆，涂口红，头发银黄，一副十分时髦的样子。老板娘嗓门大，急性子，大家都特别怕她，见到绕道而走，暗地里都称她为"母老虎"。

每年暑期放假，我到工厂最怕遇见老板娘。工厂的厕所在一楼的最里端，几次听到老板娘破口大骂的声音，我躲在昏暗的厕所里面，半天不敢出来。白天，我基本是躲在五楼看书、学习，也就是那个时候我反复阅读了《钢铁是怎样炼成的》《老人与海》《巴黎圣母院》《复活》《百年孤独》《平凡的世界》《人生》等大量中外文学名著。我时而读得悲痛欲绝，时而读得心血沸腾，时而读得泪流满面。

夜晚，五楼集体宿舍热得就像一个烤炉，工人们纷纷卷席至楼顶睡觉。工厂大门紧锁，工人们从楼顶扔硬币到一楼的小卖部，再用绳子吊上购买的冰饮料、啤酒、冰棒等等。我看到，近处丹溪大桥上车水马龙，流动的霓虹灯光彩夺目，远处义乌城区华灯如一朵朵白莲绽放，与天上一颗颗明亮的星星一一映照着。

父亲的世界，是没有白昼与黑夜之分的。他恍若一台永不停息的机器一样，强迫自己不停地运转。他将自己的身体定格在生产的流水线上，笨拙的双手变得灵活，反反复复机械的动作，又让他粗糙的手指变得麻木。

父亲说，拉链厂倒闭好几年了。它虽然是一个家庭小作坊，但繁忙的时候也有七八十号工人。现在，大家都各奔东西了。我不得不感谢这个工厂，感谢肥胖的老板，感谢表面看上去凶巴巴，而内心善良的老板娘。是这个工厂让我的父母在义乌这个陌生而遥远的城市，寻找到谋生之路，他们靠苦力和毅力赚钱，养家糊口，供我和弟弟读中学、上大学。

我和父亲谈论着十年前浙江义乌的往事。此时，冰冻开始从山顶一步步逼向山底的村庄，雨水滴滴答答敲打着屋顶的瓦片。半夜，我睡得迷迷糊糊时，突然被妻子吵醒。她抓住我疑神疑鬼地说，刚才有一束光照进了房间。我起初不太相信，没过多久窗外果然出现暗淡的光线。我有一些害怕，心想这大概就是小时候老人说的"鬼火"。雨夜，从房前屋后坟墓窜出"鬼火"来，这是极有可能的。我没敢吭声，更不敢告诉胆怯的妻子。

正当我胆战心惊的时候，楼上发出一阵巨响。我赶快从床上跳了起来，迅速推开房门，看到二楼有人打着手电筒。我以为家里遭贼了。我害怕地大声地叫一声"爸——爸"，没想到父亲在楼上回应了我。这是十多年来，我如此大声地叫父亲，这无疑是一种本能的反应。原来，雨夜屋顶漏水，父亲打着手电筒拿脸盆到楼上接雨时，不慎摔了一跤。

第二天，临走时我对父母说，到城里来吧！我下次回来接你们。父亲脸上出现了久违的笑容。我发动汽车，后视镜里的父母慢慢地远去，他们孱弱而衰老的身影最后消失。

我泪眼汪汪离开了村庄……

三

云雾缭绕的村庄几乎没见着太阳，消沉和迷茫氤氲而出，整个村子好像在静悄悄地发霉，萎靡不振。加上肆意的流感，初春的村庄笼罩在一片晦暗和绝望之中。

正月初十，淅淅沥沥的雨水终于停了。父亲开始了一年的劳作。他被叫到村口帮忙砌围墙。他当然不是泥匠工，他只是一个卖苦力的搬运工。父亲唯有靠体力劳动为生，年轻时靠苦力，年老了更是只能靠苦力。春节短暂的休息，高强度的体力劳动，让他的身体有些吃不消。一天下来，他腰酸背痛，脚步沉重。他有一些伤感，心里嘀咕着，也许自己真的老了。

年轻时，父亲身强力壮、耐力极强，汤碗粗的两米杉木可以一次性扛五根。上山伐木、下地收割、河底淘沙、井里挑水、挑担赶集……样样都是身体的苦役，父亲将一件件重物或头顶或肩扛或手提。任重途修坡又陡。体力劳动，既是身体的苦役，亦是精神的折磨，它让父亲学会一辈子忍耐和坚持。

小时候，我经常与父亲上山伐木。父亲带着我穿梭在树高林密的深山，寻找硕大而笔直的树木。父亲娴熟地用锯子在树的底端反复拉扯，树屑飞溅，不一会儿大树砰然倒下。此时，树林里鸟的叫声，此起彼伏，清脆而悦耳。父亲用肩扛着沉重的树木，缓慢地行走在山间小道，上坡下坡，遇水过桥，停停歇歇。他咬紧牙关，颤颤巍巍向前走，满头大汗掉落大地。

当然，这是三十年前的往事了。现在，我不得不承认：父亲，他真的已经老了。

第二天，村子里又淅淅沥沥地下起了春雨。闲不住的父亲，虽然年近六旬，但他不得不选择再次进城。他拨通了我的电话，还是想到我工作的城市当搬运工。父亲终究还是要来了，我内心暗自高兴又忧心忡忡。

浙江义乌拉链厂关闭后，父亲外出当了好几年搬运工。当时，我不知道父亲具体搬运一些什么东西，是轻是重，或大或小。他笑嘻嘻地对我说，只是搬运一些茶叶、方便面和饮料之类的轻巧的货物。

我信以为真。直到有一天，父亲被重物压倒，食指压断，被送进了医院。父亲不得不回到村庄休整。他一定十分懊悔，自己为什么不小心一些，动作慢一点，眼睛犀利一些，或许就不会发生这么倒霉的事情了。

父亲要来了。这是他反复思考后的决定。他不想也不会给儿子添任何麻烦，这也是为什么春节期间，我和父亲坐在一起，他几次欲言又止的原因。

刚好是周末，我开车到火车站接父亲。他是自己乘坐村庄最早的班车到县城，再从县城乘坐火车抵达的。父亲拎着一个大的行李箱，脚步轻快，面带微笑向我走来。他穿着黑色的皮夹克衫，这是妻子春节回家给他买的。我上下打量着父亲，他衣服整洁、得体，胡须刮得干净，皮鞋擦得明亮。显然，为了这身打扮，父亲动了不少脑筋，花了不少时间。

二十五年前，父亲第一次进城当然没有这身行头。当年，他穿着沾满泥土的解放鞋，手提发黄的蛇皮袋，几件破旧的换洗衣服。行李简单，但心事重重。

头发蓬乱的父亲，就像一个忧郁的诗人，脚步踌躇，眼神迷离。他狼狈不堪的样子，与整个城市格格不入。为了能踏上拥挤的火车，父亲在列车缓慢开动后，拼命地追赶火车，反复试图从窗户爬进车厢，但都以失败而告终。幸运的是，在火车即将驶出站台的瞬间，同行的老乡硬是把父亲拽了上去。

四

我无法知道，这是父亲第几次进城。他淡定而从容，自信而欢喜，这让我感到特别诧异。这一次，与其说父亲是进城务工，倒不如说，他是进城投奔我来了。

刚下火车，父亲就感觉眼前一切都是舒心而踏实的，城市变得特别熟悉，特别亲切，城市的人变得十分慈和，十分善良。当他看到火车站正前方写着"吉安欢迎您"五个大字时，他显得有些兴奋和自豪，好像这是专门为迎接他的到来而精心准备的。父亲一下子在城市找到了归属感和幸福感。这种从未有过的，美妙而奇特的感觉，让他整个人飘飘然。

我不自然地给父亲打开车门、关上车门。显然，我这个娴熟的习惯性动作，让父亲觉得很不自然。我打开车窗透气，冷风飕飕，我又将车窗关了起来。

一路上，父亲开始话多了起来，问东问西，好像要把过去待在城市十多年的话，憋了一肚子的话，像蓄满的水库开闸似的一泄而出。父亲说话有条不紊，滔滔不绝。我透过后视镜看见，父亲还时不时摆一摆手势，以此衬托他语言的抑扬顿挫。他的手势恰到好处，一点都不矫揉造作。他的表情轻松自如，感觉整个城市都属于他，感觉周围的一切都要听他掌控。他彻底将自己进城务工的事情抛在九霄云外了，更像是一名领导来参观考察城市的。他连自己都不敢相信，这是他自己。

汽车缓慢跨过赣江。窗外，江面一片迷茫，江水浑浊。雨水依然飘落不停。微信朋友圈都在调侃：太阳旅行去了，雨神包月了。还有文友在微信里写道：《百年孤独》里的那一场雨，下了四年十一个月零两天，难道上帝正在抒写一首长篇史诗吗？汽车广播预报，由于西太平洋副热带高压强度持续偏强，孟加拉湾维持低槽区，水汽持续向江南输送，预计未来一周内，仍将维持低温雨水天气。

不过，现在父亲到了城市，他对天气状况不再如此在乎了。在村庄，靠天吃饭的日子，父亲每天必看《天气预报》，看完江西卫视的，还要看中央电视台的。农忙时，他要根据天气状况来播种、耕田、插秧、施肥、收割等等。农闲时，半刻也闲不住的父亲，一遇到雨水天气心里就会着急。他总要找些活来干，以此按捺躁动不安的心情，消磨冷冷的雨珠串成的时光。他把斧头、锯子和镰刀一一找出来，在老屋的天井前，磨刀声和着雨水敲打鳞鳞千瓣的屋瓦声，清脆而悦耳。父亲将刀具磨得闪闪发亮，等待天晴就能派上用场了。

车子开进了小区。我把后备厢打开，随手拎上一个小包，父亲提着大的行李箱，跟在我身后，我时不时回头看他。走进家门，父亲变得拘束起来。他在客厅餐桌前，眼神恍惚，不知所措，感觉站也不是，坐也不是。我从厨房端来一杯热水放在餐桌上，叫父亲坐下，他才乖乖地坐下来。

我和父亲安静地坐在客厅，半晌没有吭声。我给父亲杯子里添开水。他终于说话了，问我可以找到什么事做。我说，先歇几天再说吧！父亲说，不能再歇了，都休息半个月了。

我知道父亲坐不住。第二天一大早，我就开着车带父亲去找工作。市里的人才市场正在举行一场春季大型招聘会。企业纷纷打出吸引眼球的福利待遇：拥有优雅、干净、舒适的办公环境，全自动化万级无尘车间，无噪音等任何污染，包吃包住，职工宿舍配有Wi-Fi、热水器、空调、独立卫生间等等，每月综合工资在3500—6000元不等。我和父亲钻进人群，负责招聘的人都说，他们特别缺人，但一看满头白发的父亲都摇头说，年纪太大了。

我和父亲坐在车内，黄豆大的雨水打在车窗上，噼里啪啦作响。车窗外，模糊一片。我不断地拨动着雨刷，一遍又一遍，我不知道，下一步车子该往哪里走。父亲也沉默不语，与他进城时的喜悦与兴奋，判若两人。

我望着车窗外的雨水，不禁想起父亲插秧的情景。滔天的暴雨滂滂沛沛扑来，父亲依然蹲在水田中央，远看就像坐在了水面上似的。他左手拿着秧苗，右手就像小鸡吃米一样，不停地往水田里插秧。我拿着斗笠，拼命地往水田里跑去。我把斗笠交给父亲，他满脸高兴。

料峭春寒中，我和父亲静坐听雨，单调而凄凉，身体与灵魂变得湿漉。过了很久，父亲说，还是到物流园去看看。我压根儿不想父亲再去当搬运工。但为了安慰父亲，我却对他说，去物流园上班比进厂好多了，人更自由，工资也更高。父亲一股劲地说对。

物流园在经济技术开发区的角落，由一排排临时搭建的蓝色铁皮屋构成，高大而空旷，凉风阵阵。一辆辆偌大的货车停靠在物流公司门口，工人们不停地忙碌着，有的在卸货下车，有的在装货上车。寒风中，与巨大的货车、沉重的货物对比，一个个搬运工人显得渺小而脆弱。

老板叫父亲试着搬运一件货物。于是，父亲弯着腰、半蹲着，背起沉重的货物缓慢地往前走，全身被掩盖着，挤压着。他小心翼翼地行走在货车连接地面的木条桥上，颤颤巍巍，人与货物在不断地晃动着。

看到这一幕，我提心吊胆，泪水不禁夺眶而出。

五

父亲感觉当一个城里人真好。每天，他乘坐最早一班公交车去开发区的物流园。他喜欢乘公交的感觉，喜欢投硬币时发出的清脆响声。他坐公交车时，习惯把眼光投向窗外，像一个陷入沉思的哲学家一样，全神贯注地在凝望世界。

透过温暖而明媚的丝丝晨曦，父亲感觉陌生的城市显得格外熟悉和亲切。他看到马路上一串串缓慢行走的车辆，看到非机动车道上孩子们骑着自行车赶着上学，看到人民广场晨练的老人正在打太极……这些过去和他毫无瓜葛的画面，如今都走进了他的世界。在父亲现在看来，城市里的一切都是美好的。

他热爱自己的工作，每天八小时的劳动让他感到十分惬意和充实。他总是抢着搬运沉重而庞大的物品，他老是在人家最需要的时候搭一把手。在一番紧张劳动后，父亲全身大汗淋漓，大口大口地喘气，他感觉心情舒畅。他开始喜欢侃侃而谈，说话声由过去轻声细语，到现在变得底气十足。

父亲也爱上了手机。休息的空隙，他左手握住手机，右手食指不停地滑动着手机屏幕。我十分好奇，父亲每天都在浏览些什么内容。他应该是在看新闻，看小说，看笑话，看电影等等。他当然也喜欢看抖音，看到精彩的片段，他经常会哈哈大笑。我看到笑得幼稚的父亲，觉得不可思议。

父亲也有了自己的微信。他的微信名字叫作"理学名家"，微信头像是正面首刻这四个字的老家祠堂恩荣堂。父亲应当是在夜深人静的时候，灵感突然来临，给自己取了这个微信名。他有自己的朋友圈，每天睡觉前，习惯刷一遍朋友圈。有一天，他点赞我的微信朋友圈，我吓一跳，赶紧设置朋友圈和视频动态权限。一天，他实在忍不住问我，怎么看不到你朋友圈了？我不得不再次开放他的权限。从那以后，我每发一条微信都小心翼翼。

父亲要我帮他开通"支付宝"，我随口说一句"老人家用什么支付宝"。他没吭声。我感觉说错话了，乖乖地让父亲用上了支付宝。现在，父亲出门也习惯不带现金，超市购物、菜场买菜、乘坐公交、洗头剪发等等，他都很自然地打开支付宝扫一扫进行支付。他很享受这种便捷的城市生活。

父亲似乎彻底地爱上了城市，爱上了城市的一切：一草一木、高楼大厦、车水马龙，还有城市善良而亲切的人们……四通八达的道路，错综复杂的公交路线，林立的各类楼宇，父亲都了如指掌，如数家珍。他说起来一脸兴奋，就像自己种的庄稼一样。他似乎把遥远的村庄忘得一干二净，他对故乡的感情似乎越来越淡漠。他甚至觉得，自己天生就更适合当一个市民。

天气转凉了，为了不起早摸黑，父亲决定搬到厂里去住。我和妻子极力反对。但是，父亲最终还是搬走了。

我开车把父亲送到工厂宿舍。我提着轻轻的被褥，父亲扛着沉重的行李箱。我和父亲从一楼爬到五楼，我走在前头，父亲跟在后面，我时不时停下来等父亲。只见他累得气喘吁吁，满头大汗。我把被褥给父亲，将沉重的行李箱接过。

父亲的宿舍是一间十平方米左右的单间，放了两张上下铺的铁架子床。房间光线昏暗，一股刺鼻的霉味。我和父亲说，还是回家住。父亲说，来都来了。他便开始铺床，他用毛巾擦拭脏兮兮的床板，一片灰尘扬起，呛得父亲直打喷嚏。

我从父亲房间出来，他站在门口送我。我转头看父亲，他朝我招手，说回去吧！空旷的走廊，父亲的身体单薄而落寞。我转头继续往前走，含泪奔跑离开。

对父亲而言，我在哪个城市，哪个城市就是家。反之，对我而言也一样。

这种奇特的巨大的血缘力量，伟大而美妙。它似乎无时无刻不依附在我漂泊的身体中，给我无形的磅礴的力量。又像一束明亮的光线，照亮漫长且昏暗的归路。

身体里的石头

一

石印村是赣南一个小村庄，小得像沉睡在河底的一块小裸石。石印村的周围点缀着叫作羊石、宝石、密石、兰石、白石的村子，如密密麻麻的繁星，如雨后的春笋，藏匿在乡村时光深处。

上世纪八十年代末，我出生在赣南的石印村桐家洲。炎炎夏日，村庄郁郁葱葱，群山连接着干净的天空，湛蓝如洗。地里的庄稼静悄悄地生长，临近抽穗的禾苗，由纤细变得丰满，像怀孕的母亲，肚子鼓得圆圆的，一个新的生命正在孕育而生。

母亲挺着大肚子，用力拾级而上，她抬头仰望头顶的羊石山，它高得就像在洁白的云端，可望而不可即。在羊石山的寺庙里，还未出生的我有了自己的乳名：石秀。它像长在我身体里的一个永恒的胎记，无论我走到哪里，都隐藏在我内心深处。同时，它也构成了一个乡村符号，无论我离开村庄多久，父老乡亲依然记得我。

不荣而实者谓之秀。石秀，是《水浒传》中的人物，他有一身好武艺，又爱打抱不平，外号"拼命三郎"。目不识丁的母亲，她当然没有读过《水浒传》，也不知道书中的石秀。母亲只知道，把我当作一颗弥足珍贵的雨花石，深深地埋在她肥沃而芬芳的泥土世界，一辈子用心呵护。

桃李年华的母亲，没有如春天一样生机勃勃，靠药罐子长大的她，面黄肌瘦、身体孱弱，一阵风吹过，稍不留神就会倒下。因为母亲身体的原因，年幼的我也体弱多病、营养不良，几次险些夭折。外祖父从圩镇药店捡来一剂人参，炖鸡汤喂我，不料不小心将人参卡在我喉咙里，我瞬间嘴唇发黑、呼吸急促，拼命地哭啼，急得一家人团团转。家人想尽各种方法，卡在我喉咙里的人参就是下不去，也出不来。

我奄奄一息之际，母亲含泪把我背到乡镇卫生院。

从村庄到圩镇有十公里，年轻的母亲走了大半个上午。十公里路程，对孱弱的母亲而言，无疑是漫长而艰辛的。她每向前迈一步，就像抬起一块沉重的石头，又像是踩棉花一样，浑身无力。我在母亲背上，一根火红的背带将我和母亲紧紧地维系在一起。阳光闪烁，树影婆娑，在烈日照耀下，火红的背带宛如一条蜿蜒流动的血脉，从母亲的身体流向我的身体，最终蔓延至大地深处。汗水，打湿了母亲的衣裳，像断断续续的雨点落在地上，与万物悄然融为一体。还有的汗水在母亲身体流淌，像涓涓细水，源源不断，湿润了她的青丝、额头、脸颊、肩膀、后背以及乳房……

到乡镇卫生院时，我只剩最后一口气。医生抱紧我，死劲拍我后背，卡在喉咙的人参终于出来了。母亲欣喜若狂，泪流满面，她单薄的身体发出巨大的哭声。

从那以后，我吸吮着母亲甘甜的乳汁，身体变得强健起来，极少患病。不过，母亲的身体依然是弱不禁风。

春雨绵绵，密密麻麻的秧苗绿意盎然，像铺展在大地上的一条条绿毯，微风吹拂，田水涟漪。母亲蹲在水中央，一手不停地拔秧苗，一手抓着拔好的秧苗，拔秧、洗泥、捆扎，动作娴熟，眨眼间一丘秧苗就不见了。雨水浸湿了母亲单薄的身体，疼痛开始一步步向她逼近。

傍晚，一场暴雨，河水上涨。雨水从母亲的胃撕开一个口子，愈来愈大，像河水从河床溢出，涌向岸上一样，迅猛席卷大地，疼痛袭击着母亲每一寸肌肤。

母亲双手捂着发作的肚子在床上翻来覆去，她的身体里面似乎有一只凶悍的野兽在张牙舞爪，有成千上万只蚂蚁在肆意游走。母亲的呻吟在漆黑的夜色中弥漫，星空寥落，唯有青蛙呱呱地叫，让大地显得更加孤寂与绝望。年幼的我紧紧地抱住母亲，黑暗中我闻到母亲泪水的味道，我用双手抚摸母亲的脸庞，擦拭她滚烫的泪水。三十年后，天命之年的母亲被来势汹汹的重病击倒，她躺在医院的重症监护室，气喘吁吁，脸色蜡黄、形神枯槁，满脸同样是泪水涟涟。我轻轻地抹去母亲的泪水，自己也不禁痛哭起来。我无法分担母亲的疼痛，也无法阻止死亡一步步逼近，就像当年我站在岸边，只能眼睁睁看着河水不断上涨，逐渐淹没大地，而我却束手无策。

母亲从小患有胃病，她在一次次疼痛中成长和蜕变。家境殷实的外祖父，早早把女儿嫁给了家徒四壁的父亲。对外祖父一家而言，这无疑是一种解脱。而对母亲而言，何尝又不是呢？十九岁的母亲嫁给了父亲。她相信，自己嫁给了美好的爱情。父亲勤恳老实，眼睛装满了柔情，一缕缕温暖的阳光洒落在母亲伤痕累累的世界。从此，母亲的世界再无寒冬和黑夜。父亲从来没有嫌弃过母亲是一个病人，他每天起早摸黑、养家糊口，母亲只管在家安心养病。即便是病恹恹的母亲，父亲也隔三岔五买来新衣裳，各式各样的新款式，把她打扮得漂漂亮亮。

疾病是潜伏在母亲身体中一条躁动不安的毒蛇。它让母亲身体难受至极，精神抑郁、恍惚不清。也许是从小和病痛对抗的原因，身体孱弱的母亲内心十分倔强，脾气暴躁，挑三拣四。父亲赶集买一斤肉，母亲总要喋喋咻咻半天，要么嫌太瘦，要么嫌太肥，从未有恰到好处的满意。老实的父亲凡事都顺着母亲，他从没和母亲吵过架、红过脸。母亲生气骂父亲时，他总是埋头干活，一声不吭。

温暖的阳光下，母亲偎依在竹椅上，父亲正在挑水劈柴，或者洗衣做饭。母亲深情地看着父亲，他们大多时候沉默，偶尔也会说话。这一幅幅温馨的画面，是我见过爱情最美的样子。

我相信，如果疾病是藏匿在母亲内心深处一块坚硬的石头，那么，父亲对母亲深沉的爱，足以让它融化，像冰块不经意融入水中，悄无声息与水融为一体。

同样是河水，它流向干枯的田野，滋润了大地，也滋润了母亲的心田。在剧烈的疼痛中，母亲听到潺潺流水的声音，微风吹拂的声音，禾苗生长的声音，花儿盛开的声音，太阳升起的声音以及月亮落下的声音……

这些声音汇聚一起，形成一股磅礴的暖流，在母亲身体里激烈地涌动着。

二

清晨，睡梦中的我被锯木板的声音吵醒。声音，尖锐而刺耳。木板和锯子在相互碰撞间撕开一条笔直的线，一拉一锯中形成一块块平整的木板，洁白而精致。锯子一头是父亲，另外一头是母亲。轻微的穿堂风偶尔拂过，他们手握锯把，你推我拉，心有灵犀，节奏均匀。细碎的木屑像雪花一样，洋洋洒洒，不一会儿就积满厚厚一层，地面变白了。

时间在拉锯中静悄悄地流逝，从清晨到中午，再从中午到傍晚，太阳升起又落下。生活是一块沉重的石头，日子就像锯木一样，无比艰辛，喜与乐，忧和愁，在平淡的乡村时光深处相互拉锯。在贫瘠的乡村世界，父母每天都在负重前行。房屋外面是宁静的村庄，太阳底下是一排排摆放整齐的木板。炎炎夏日，世界都是洁白的。太阳是白色，木板也是白色的。一条坑坑洼洼的马路从村庄中间静悄悄穿过，蜿蜒至未知的遥远的世界。

木板当然是极好的木板。锯木板的杉树是父亲穿越深山老林一根根扛出来的。年轻的父亲像一头憨厚的老牛，耐力极强，力大无比，汤碗大的两米杉树一次性可以扛五条。现在，当我背负像巨石一样沉重的生活，在车水马龙的城市缓慢地匍匐前行时，才真正体味到，其实并不是父亲力气有多大，只不过我们都懂得咬紧牙关而已，习惯忍耐罢了。

父亲疼爱母亲，他绝不让母亲干重活。何况，母亲脆弱得宛若深秋一片泛黄的枯叶。也许，她生来就注定需要父亲用一辈子去呵护。

晒干的木板由白色变成淡黄色，水分丢失，轻盈得宛如漂浮在水面的一叶扁舟，轻飘飘的。天蒙蒙亮，父亲用肩膀扛起一捆木板，沿着村庄中间蜿蜒的马路出发了。母亲看着父亲渐行渐远的背影，消失在光芒四射的东方。

母亲回到屋内，她弯腰打开米缸，蹲在米缸前半晌也没有量出半升米来。她丢下米升，瘫倒在地上痛哭。我被母亲的哭声吵醒，打赤脚迷迷糊糊跑到邻居家借来两升米下锅。

中午，七月的烈日烘烤大地。稻田像风吹过一片火焰一样，庄稼被烧焦了似的，奄奄一息。一架飞机掠过天空，打破了村庄的沉静。母亲走出房屋，仰望天空，她对着天空拼命地呐喊。母亲对我说，要是天上的飞机丢粮食下来就好了。当年，我不以为然，感觉母亲实在是愚昧无知。多少年后，我在电影院观看《无问西东》，当看到一群孩子跟着飞机影子奔跑，争先恐后捡天上掉下来的食物时，我不禁泪流满面。

血色的黄昏，父亲挑着一担米回来了。纤细的扁担在温柔的黄昏中轻轻摇曳，一上一下，像是在父亲的肩膀跳着欢快的舞蹈。世界，一切都显得如此柔和与安详，美好的一切，足以融化生长在母亲心头那块坚硬的磐石。

米，是父亲卖杉木板的钱换来的。通红的余晖照射着父亲灿烂的笑容，夕阳西下，在我眼睛里万物却是勃勃生机。这是我记忆中最美丽的黄昏。此时，母亲正蹲在厨房的灶台前，她用力划了一根火柴，袅袅炊烟升起。通红的火焰爬在母亲喜悦的脸庞上，临近黑夜的村庄，一片红彤彤的世界。我端着饭碗坐在门槛上，欢快地唱着歌谣，米饭的清香伴随着热气从厨房弥散开来，口水不禁在我嘴里不停地打转。香喷喷的米饭蒸熟后，饥肠辘辘的我狼吞虎咽扒了四碗，肚子撑得难受至极。

夜色包裹渺小的村庄，淹没年幼的我。乡村黯淡的灯光，像梦一般扑朔迷离。远处，传来一阵阵断断续续的犬声。母亲低头弯腰坐在竹椅上，双手紧紧地按着疼痛的肚子。她的头低得就要贴近地面了，一簇头发耷拉在地上。透过昏暗的光线，我看见母亲痛苦不堪的表情，热气腾腾的夜色中，我分明感受到一股无尽的冰凉和恐惧。

身体孱弱的母亲，她也许从来没想过自己有一天会离开熟悉的土地。上世纪90年代，外出务工的浪潮奔涌而来，席卷贫瘠的乡村每一寸土地。

母亲外出务工的前一晚，她疼痛的身体蜷缩在床的一角，像一只受伤的流浪猫将枯瘦的身体蹲伏在墙角，剧烈的疼痛像凶猛的潮水一般淹没她，像焦灼的烈火似的吞噬她。母亲疼痛的胃，犹如翻江倒海，咕咕作响。年幼的我在母亲断断续续的呻吟中迷迷糊糊入睡，恐惧和不安绑架着我。深夜，我被噩梦惊醒，吓得一身冷汗，被窝一片潮湿。

那一年，我的母亲正值而立之年。她走向一个不确定的过程，最终，面对的是一个必然的结局。

体质虚弱的母亲，在工厂高强度的劳作中，身体的器官一天天悄然退化，疾病日积月累堆积，形成漂浮在母亲头顶一片低沉而黝黑的乌云，让她的生活笼罩在凄悒之中。母亲乌云密布的天空，终究迎来风驰电掣，倾盆大雨。

沉重的生活，是一块巨石；疼痛的疾病，同样是一块巨石。母亲拖着沉重的身体，从熟悉的乡村抵达陌生的城市，就注定选择了自己的归宿。

三

初夏，村庄郁郁葱葱，雷声阵阵，雨水不断、淋淋漓漓。河流在黄昏时分上涨，河水由清澈变得混浊，滔滔不绝，一路前行。我和弟弟奔跑在乡镇初中回家的途中，在淌着湍急的河水时，我的一只鞋被洪水卷走。鞋在水的漩涡中翻了几个跟头后，流向远方，瞬间不见踪影。回到家中，十余岁的我学着母亲的样子在灶台前生火、煮饭、炒菜。此时，母亲从遥远的城市打来电话，我放下锅铲和弟弟迅速冲向村口的小卖部。电话那头，母亲不断地哭泣，她的哭声像戚戚沥沥的雨水，流进我留守的孤寂少年时光。我和弟弟放下电话，摸黑回到家中，厨房锅里的菜早已烧成了黑炭。

千里之外的工厂，机器轰鸣，在白炽灯的照耀下，母亲的影子显得十分消瘦。她脸色苍白，全身乏力。流水线上的母亲，她的世界不分白昼和黑夜。母亲仿若一台永不停息的机器，每时每刻都在运转。深夜，母亲疲惫不堪，昏昏欲睡，机器的细针突然落在她的食指上。疼痛从母亲食指弥散开来，鲜红的血液渗出，一滴滴掉落在地面。母亲将食指含在嘴里，用力吸吮鲜血。血止住后，经过简单包扎，她又打起精神继续干活。窗外，已过黎明，东方光芒四射，一轮朝日喷薄欲出。

母亲身体的器官却像黄昏的落日，在余晖徐徐而下之际缓慢走向衰老。傍晚，父亲把母亲带到工厂附近的小诊所，在注射两大瓶葡萄糖和氨基酸之后，母亲苍白的脸变得红润，她感觉全身充满活力，精神抖擞，说话也提高了嗓门。也就是从那年开始，母亲感觉身体软绵绵时，就会定期到诊所打葡萄糖和氨基酸。

炎夏，天空云朵翻滚，焦灼的烈日烘烤着钢筋水泥浇筑的城市。工厂外，热闹的城市显得有些安静，平坦的柏油路热气腾腾，偶尔有车辆穿过，泛起一股袭人的热浪。工厂的生产车间，是一个滚烫的火炉，旋转的吊扇扫出一阵阵热风。流水线上的母亲汗水如玉米颗粒般大小，像泉水似的从她身上不停地往外涌。吃午餐的时候，口干舌燥的母亲用嘴对准水龙头，自来水流进她的身体。和村庄清甜可口的山泉水相比，城市的自来水显然不太好喝。它有些苦涩，有些咸味，母亲还隐隐约约喝到了煤油的味道。

母亲走出工厂，在门口的小卖部买了一包白砂糖。她回到工厂的厨房，装满一水瓢自来水，将大半包白糖倒入，用筷子拌匀，咕噜一饮而尽。她感觉一股甜味渗透在骨髓，融化在血液里，扩散在身体每一个细胞，宛如春风十里，滋润母亲的心田。

几年之后，当母亲诊断患有糖尿病时，她把病因归结为当年大量饮用糖水。疾病，是一个极其复杂的过程。从健康到疾病是一个由量变到质变的过程。"疾"，一个病字框，里面是一个"矢"。"矢"是一把锋利的"冷箭"，它离弦后闯入了母亲的身体。

糖尿病无疑是一把锋利的"冷箭"。这种无法根治的顽疾像一只温柔的野兽，缓慢地吞噬母亲，她的身体一天天瓦解，器官逐步走向衰退。

流水线上的母亲开始老是内急，没坐多久就要往厕所跑。一天清晨，母亲蹲在厕所突然发现尿的颜色异常浓郁，尿液拉丝，像蜘蛛吐丝一样，接连不断。母亲伸手轻轻触摸，感觉一丝一丝的黏稠。她用舌头舔了舔手指，尿液和糖精一样甘甜。母亲全身感觉到一股无限冰凉，心头瞬间涌动着种种不安。

然而，因为生活窘迫，母亲并没有理会自己身体的不适，她依然每天工作在流水线上。疾病给母亲带来的疼痛，同刺耳的机器声连成一片。母亲咬紧牙关，死劲隐忍。

疾病，让身体柔弱的母亲性格变得倔强。她的心似乎变成一块坚硬的磐石，面对疼痛刚毅不屈，任凭生活风吹雨打。不过，呵护我和弟弟，母亲的心又像一块柔软的滑石，一碰就碎，纷纷扬扬洒满无穷的爱意。母亲一想到我和弟弟正在念书，成绩优异，心里总是充满阳光。

那些年，每年暑假我和弟弟都会到工厂和父母住一段时间，顺便帮忙打零工。那个叫作浙江义乌的小城打开了我认识城市的一扇门。有时工厂生意淡，货源短缺，偶尔放假，父母便带我们去义乌市区逛街，我们忐忐忑忑穿过十字路口，小心翼翼走行在繁华而陌生的城市，一边走一边东张西望，眼前琳琅满目，一切都是新鲜的。我们走进一家照相馆，拍了很多照片。父亲和母亲拍摄了一张合影，这也许是他们唯一的一张合影。照片上，父亲坐着，母亲站着，母亲的左手温柔地搭在父亲肩膀上。父亲穿着一件印有F4字样的灰色T恤，母亲穿着一件红色的衬衫。他们表情自如，面带微笑。过塑的照片在左上角打着"永恒"两个字。世间哪有什么永恒？只是我们内心的期盼而已。

夏日的夜空，繁星点点，我站在工厂的屋顶，眺望远处的义乌城区，夜色璀璨夺目，处处流光溢彩，近处丹溪大桥车水马龙，流动的霓虹灯光彩夺目。毫无疑问，我被城市的一切所吸引，美好的一切把我逐渐带入梦乡。

夜深人静，母亲拖着疲倦的身体从流水线下来，她一只手撑着酸痛的腰，一只手扶着楼梯的栏杆，从一楼车间艰难地爬到五楼寝室。楼道间，昏暗的灯光下，是母亲颤颤巍巍的影子，她气喘吁吁，不得不偎依在栏杆上，不停地深呼吸。

母亲连澡也没有洗，像一堆软泥一样倒在了床上。半夜，我被母亲胃痛打饱嗝的响声吵醒。疼痛在深夜疯狂而无情地挤压，骨髓深处发出揪心的响声。母亲的身体在黑暗中翻来覆去，她时不时调整睡姿，以此缓解身体的疼痛。

我假装没有醒来，竖起耳朵聆听母亲发出的一切声音。一番折腾后，疲倦的母亲发出均匀的呼吸，她安然入睡了。我心里悬挂的石头终于落下。

我望着窗外沉睡的陌生城市，夜色如凉。

四

这些年，村庄越来越多人莫名患上了糖尿病。在乡亲们眼中，这种"不死的癌症"比真正的癌症更加折磨人，它不像癌症来势汹汹，而像温水煮青蛙一样，让人在疼痛中煎熬，一步步掏空人的身体。

开始，母亲并不知道自己得了糖尿病。春节，她从城市回到乡村，在村卫生所打葡萄糖和氨基酸时，乡村医生看到母亲身体消瘦，询问得知她口渴多尿、疲乏无力，才诊断为糖尿病。乡村医生给母亲开了一堆中成药消渴丸，她一日三餐饭前服用，一次5粒。母亲感觉身体舒服多了。母亲吃消渴丸，一吃便是整整五年。

多少年后，我和弟弟相继大学毕业，在城市安家落户、成家立业。父母也结束了在浙江义乌打工的日子。从而立之年到知天命之年，近二十年漂泊生涯，母亲从青丝变白发，病痛加速她的衰老。她的身体一天不如一天，像一栋千疮百孔的土坯房，终将在雨夜砰然倒塌。当我看到羸弱的母亲时，仿若面对搁浅在沙滩上一条孤独无助的鱼，在烈日下拼命挣扎，却永远找不到温存的海水。

等我真正意识到树欲静而风不止，子欲养而亲不待时，母亲已经成为一只伤痕累累的刺猬，它孤独地蜷缩在世界一隅，伸展出血迹斑斑的尖锐的刺，直指我心间。

一场意外的车祸将母亲击倒，像一块巨石从她身上碾压而过，粉碎生的希望，走向死的边缘。

2019年，闲不住的父亲来到我工作的城市一家托运部当搬运工，丢母亲一个人在老家生活。母亲逝世后，父亲常常陷入无法自拔的自责之中。他后悔自己选择外出的鲁莽行动，病恹恹的母亲，半刻也不能离开父亲。

一场秋雨一场寒。秋分刚过，村庄的气温开始凉爽。再过几天就放十一长假了。夜晚，我打电话告诉母亲，国庆节回村庄看她。因为这个电话，母亲兴奋了一晚，她盘算着，如何张罗等着我们回去。第二天清晨，母亲很早就起床了，她一个人走路去赶集，准备我们回来的东西。

黎明的一场雨水，把地面淋湿。到圩镇十公里路程，母亲走得十分艰辛，她走走停停。一位骑摩托的老乡见到母亲，好心搭她一程。不料，因地面湿滑，摩托车在拐弯处侧翻，母亲从车上摔下来，摩托车压在她身上。母亲感觉腰部和腿连接处受到强烈碰撞，骨头在挤压中发出剧烈疼痛，并扩散到全身。母亲试图小心翼翼站起来，但她最终失败了。

母亲股骨颈骨骨折了。医院影像科长廊悠长而拥挤，我用轮椅推着母亲穿过人群。世界混乱嘈杂，母亲异常沉静。

回到病房，母亲哭了，泪水哗哗地流，滴滴答答打在病床上。她一会儿责备自己没有用，连坐摩托也会摔倒，一会儿说手术花我的钱。我木讷寡言，不知安慰母亲，只知埋头坐在病床前。

母亲手术成功。但一种暗疾悄无声息地潜入母亲的身体，它比疾病本身更可怕，它在母亲身体深处爆发，占领她的精神世界。外伤并不可怕，它可以在时间流逝中慢慢愈合。可怕的是看不见的暗疾，它像一坛陈年老酒，时间越久，越加浓郁。护士长悄悄地告诉我，你母亲好像有一些抑郁。只可惜，当时我并没有在意。

母亲每天闹着要出院，她就像挣扎在热锅上的蚂蚁似的，在医院一刻也待不下去。两周后，母亲出院了，她执意要回老家休养。

回到村庄，每当有亲朋好友来看望母亲，她见人就哭，眼泪簌簌地掉落。母亲走后，父亲老是对我说，你妈就是自己把自己哭死的。因为老是哭，把魂魄都吓走了。

我每天晚上电话询问母亲腿恢复的情况，每次都是父亲接电话。母亲手术的腿慢慢地恢复了，一个半月后，在父亲的搀扶下，她开始可以走路了。其间，有一个周末，我和妻子都要出差，我们把四岁的女儿送回老家住。母亲见到孩子兴奋不已，脸上出现久违的笑容。一周后，我和妻子回老家接孩子。母亲一直躲在房间不出来，直到我们临走时，女儿才说，奶奶摔倒了，手又受伤了。女儿还说，奶奶叫我别告诉你们。

父亲把母亲从房间搀扶出来，她脸色苍白，精神显然比前一周差多了。母亲受伤的手几处红肿，全身散发出一股浓郁的药水味。原来，母亲在练习走路时，不小心整个人倒在地上，手着地受伤了。母亲坚持说，没有摔到胫骨，只是擦伤而已。我明白，她不想再进医院花钱。

当我带走女儿的时候，母亲偎依屋前的竹椅上，她凝噎垂泪，伤心欲绝。她甚至哀声痛哭，要求我把孩子留在老家。当时，我感觉母亲有些矫情。母亲逝世后，我一想到她当时哭泣的情景，就像遭受电击一样。

短暂的热闹后，氤氲母亲的暗疾愈加深重，它缓慢地侵蚀脆弱的母亲。每天，母亲除了哭泣，就是沉默不语。

时值初冬，大地干枯，沉静的村庄毫无生机。暮色降临，缕缕炊烟袅袅娜娜地升起，母亲的哭声销迹在黑夜之中。

暗疾，是压在母亲心头一块沉重的石头，越来越沉。母亲像一只断线的风筝，在混沌的天空迷失了方向，飘向不可预知的世界。

五

庚子年春节，新型冠状病毒性肺炎疫情蔓延。

除夕，我和妻子女儿回到老家。村庄寂寥，河水沥沥，山风冰凉。家中光景清冷，房前屋内，满目狼藉。往年，母亲此时正在张罗年夜饭，灶台火焰旺盛，厨房摆满各式各样的菜，香气从厨房弥散开来……

我推开紧闭的厨房，一片灰暗，空气冰冷。父亲正在屋前的小河旁边清洗家具，他弓腰佝偻，像一把竭力拉开的弓箭，集聚全身之力，对峙沉重的生活。在晶莹的泪光中，我看到站在凛冽寒风中的父亲，他身穿黑色上衣，脸色黝黑，满头白发，消瘦的背影显得十分落魄。

房屋内，光线昏暗，散发出一股浓郁的尿臊和药水味。病床上，母亲将身体蜷缩成一团，她面容憔悴，表情痛苦不堪，地面一片呕吐物。我靠近母亲，坐在床头，她眼睛流露出一丝丝欢喜。

母亲发烧将近两周了，每到半夜就全身发烫，直冒冷汗。父亲说，母亲是在一次下雪的夜晚洗澡感冒了。我惊讶，为什么在寒冷的雪夜洗澡，发烧半个月我却全然不知。

父亲先是从村卫生室拿来退烧药，几天依然不见好转，他摸了摸母亲的额头，滚烫得就像炎夏一块暴晒后的石头。父亲再摸一摸自己的额头，感觉母亲情况不太好。父亲跑到村卫生室请医生到家里为母亲吊盐水。此时，乡镇发出通知，要求村卫生室不准接诊发热病人，要求发烧患者一律到乡镇卫生院就诊。

春节当晚，家中一片漆黑，村庄烟花绚烂，一朵朵五彩缤纷的花朵盛开在夜空中。外界的喧嚣和内心的孤寂，把母亲推向一个未知的深渊。她全身发烫，辗转反侧，一夜未眠。父亲悄悄地对我，人家说你妈得了现在湖北流行的传染病。我有一些恼火地说，天天躺在家里，怎么会有新冠肺炎。

正月初二，父亲把母亲从房间搀扶出来，她瘫软地倒在竹椅上，连坐的力气都没有。我决定带母亲先到乡镇卫生院看看。在乡镇卫生院，检测母亲空腹血糖20多，医生看到母亲病情危重，不敢收治，建议我们马上送县人民医院。我问父亲，怎么血糖这么高？父亲说，这几天在吃感冒药，就没有吃降糖药。看到一脸无辜的父亲，我无语。我决定回家收拾一下，第二天带母亲一起返城。

第二天清晨，天空下着戚戚沥沥的雨水，空气阴冷，地面湿滑。父亲背起母亲，小心翼翼把她抱上我的车。母亲上车就说闷，我把车窗打开。母亲望着熟悉的村庄，没想到这是她最后一眼看村庄。

大年初三，我们从村庄出发，新冠肺炎疫情带来的恐惧一步步包裹村庄。乡镇和村组开始封路，我们在挖掘机正在挖开路面的时候，开车离开了村庄。妻子和女儿坐副驾驶，父亲和母亲坐后排，车辆在蜿蜒的山路盘旋后，离开乡镇到县城，驶入高速，一路平川。透过后视镜，我看到后排的父亲终于松了一口气，他紧绷的脸露出一丝淡淡的笑容。他有些兴奋地说，幸亏今天出来了，要不然就困在家里了。

车辆在赣中的泉南高速奔跑，一路向北。天空，乌云密布，一片冥暗和混沌。车窗外，雷电鸣闪，滂沱大雨，远方仿若涌来凶猛的滔滔之水，以奔腾之势席卷大地。

城市，因新冠肺炎疫情，变得冷冷清清，道路不见车辆，人行道看不到行人。医院门诊停诊，只留急诊和发热门诊，平日热闹的医院显得异常安静，晦暗而湿冷。母亲坐在轮椅上，我为母亲推轮椅，父亲、妻子和女儿跟在后面。门诊大楼通往住院部是一条宽阔而悠长的走廊，在母亲长达4个月的救治中，我无数次穿过长廊，感觉路越走越长，像长长的走廊，看不到希望和尽头。

母亲入院后，我总算放心了，像心中悬挂的一块石头，终于落地。我们原以为母亲只是普通的感冒发烧、血糖没有控制好，调理几天就可以出院。没想到，几天后，母亲被诊断为肝脓肿。接下来，母亲病情突然加重，她被收入重症监护室抢救。

我推着病床送母亲进重症监护室，她紧紧抓住我的手，满脸恐惧和不安。白茫茫的重症监护室，与外界隔绝，没有白昼和黑夜。白色的床单，黑色的死亡，一片苟延残喘的悲怆。母亲一到重症监护室就全身发抖，她像一只受到惊吓的小鸟，瑟瑟发抖。母亲的眼泪就像断了线的珍珠项链，一滴又一滴簌簌地往下流。母亲说，她要看一看我的女儿。我打开微信，与妻子视频通话。母亲看到女儿就痛哭。她不停地说，清如，奶奶要死了，清如，奶奶要死了……

母亲紧紧地拉住我的手，要我留在重症监护室陪她。母亲苦苦乞求的眼神，像一支锋利的箭穿透我脆弱的心脏，直到她逝世后，依然猛然闯入我的梦境。但，母亲唯有一个人与凶猛的野兽殊死搏斗，这只凶猛的野兽在她眼前来回穿梭，晃过来，又晃过去，像掠过一把锋利的镰刀，又像燃起一团猛烈的火焰。

夤夜寂静，夜色如凉。我行走在重症监护室外的走廊，沉重的脚步瑟瑟发抖，一串焦灼的火焰在我身体里肆意游窜。从希望到绝望，从绝望又到希望，再从希望到绝望，反反复复，母亲四个月的救治，漫长得像一场没有终点的马拉松。

六

每天清晨，我被城市上空的鸟叫声惊醒。我蜗居城市十余年，从未注意到这种声音，母亲住院后，它悄然地进入我的生活，并死死地绑架我。远处的声音咕噜作响，低沉而凄厉，仿佛鸟用尖锐的嘴巴一点一滴叼食我的心脏。

我抬头仰望天空，从未寻找到它们的身影。它们也许面目狰狞，一副凶残的样子。我想，它们内心一定是孤寂的。

厨房，传来叮叮当当剁肉的响声。妻子一大早起来为母亲蒸珍珠肉丸。我用保鲜膜包裹了两只肉丸，再用保温盒盛好鸡汤，急匆匆开车往医院去。我害怕珍珠肉丸冷了，小心翼翼地把它放在胸前的口袋里面。我开车拐进医院时，父亲打来电话，当我忙着接电话时，车子一不小心撞到路边的树上，保温盒从副驾驶哐啷一声掉下，鸡汤洒满一车。电话那头，父亲沉默不语。我问父亲，怎么了？父亲声音低沉地说，没事。我很生气地说，没事，你打什么电话？

我到了医院，看见住院大楼门前停了一辆警车，一旁拉了警戒线，走近一看，才发现一个病人躺在血泊中。死者的家属跪在地上抱头痛哭，他将自己的头不停地往地面撞击。我望着闪闪发亮的警灯，听到凄惨的哭声，感觉眼前一阵眩晕。在围观的人群中，我找到了父亲。他表情凝重，眼睛泛着泪光。也许，父亲看到有人跳楼死了，恐惧不安时胡乱拨通了我的电话。

我拖着沉重的脚步，走进住院大楼，来到母亲床前。母亲已经从重症监护室转到普通病房了。我从胸口把热腾腾的珍珠肉丸掏出来放在母亲嘴前，她咬了几口就摇头不吃了。我叫母亲再吃几口，她坚持又咬了几口。母亲糖尿病到了2型，她肾功能不好，蛋白低，每天需要补充三至四瓶人血白蛋白。医生建议母亲要多吃肉、蛋和鱼等蛋白质高的食物。

肝脓肿的治疗是一个痛苦而漫长的过程。医生点击鼠标将母亲胸部CT影像图片扩大，只见肝部分布着几个大小不一的圆形黑点。这些黑色脓液需要从胸部穿刺引流出来。母亲怕疼，我安慰母亲，肝上的脓没了，病就好了。母亲信以为真，点头答应。

医生把母亲推进彩超室，我和父亲坐在门口。房间里，开始一片安静，尔后传来母亲凄惨的呻吟。我坐立不安，全身不自觉哆嗦起来，感觉尖锐的穿刺针肆意游走在我胸部。父亲听得难受，他起身离开了。

母亲回到病房，一声不吭，看到她满脸泪水，我愈加难受。我站在窗口，夕阳西下，远方是一片通红的余晖，柔和而刺眼。辽阔的天穹由通红变成暗红，由暗红最终走向黑暗。

疾病，在母亲身体接踵而立，好像在上演一场波澜壮阔的戏剧一样，一幕接着一幕。每一幕都让人胆战心惊，陷入绝境。经过两个月治疗，母亲肝脓肿好转，准备出院。医生发现母亲脸色蜡黄，复查血项发现胆红素200多，超过正常值十余倍。我百度查询：胆红素升高使肝细胞受到损害，肝功能衰竭，也有可能伴有急性黄疸型肝炎、慢性活动性肝炎、肝硬化、肝癌等疾病。

我真正感觉到了害怕，手握着手机不禁颤抖，胸前好像有一只野兽肆意窜动。母亲最终被确诊为胆囊萎缩和胆总管结石。在医学影像科，医生把母亲胸部影像片打开，他告诉我，你母亲的胆囊变成了一个一个小石头，其中一块石头顺着胆管，流到了胆总管，现在堵住了胆汁。

胆囊变成石头，绝非一朝一夕，无疑是一个漫长的过程。母亲身体里的石头，如同她的性格，在疼痛中一步步由柔软变成刚毅。坚硬的石头是一根锋芒的针，扎进母亲脆弱的身体，带给她阵阵剧烈的钝痛。母亲性格像石头一样倔强，她选择了隐忍。这些年，母亲总是说自己胃痛，我们以为她的胃痛又犯了，并没有在意。

医院紧急多科会诊，普外科、内分泌科、肾内科和消化内科、心血管内科、呼吸内科等，黑压压一屋子医生。我蹲在医生办公室门口，感觉石头也长在我自己身体深处，让我忐忑不安。

会诊结果是对母亲实施ERCP内镜下取石，考虑母亲基础病太多，体质虚弱，建议不打麻醉。我在手术同意书上签字后，想到几年前带母亲做胃肠镜的场景，突然十分后悔，不禁心疼母亲。

内镜下取石并没有顺利完成。当镜子抵达十二指肠处，母亲的肠道血迹斑斑，一个偌大的溃疡像一只拦路虎，手术不得不中止。

母亲像一只泄了气的球，安静地躺卧在病床上。父亲把母亲扶起，她苍凉地垂下头，眼睛盯着白色的床单一动不动。医生多次找到父亲，建议我们放弃治疗。

石头似乎也长在父亲身体里。这块巨石压在父亲的心头，让他难受至极，气喘吁吁。连续几个月照料母亲，父亲身体消瘦，精神恍惚，行走在住院大楼长廊，他的脚步沉重，身上仿若背负一块沉重的巨石。

深夜，冰凉的医院死一般沉寂。在昏暗的一角，父亲正抹着眼泪。这是我第一次看到父亲流泪。他没有发出哭泣的声音，但我分明看见，一缕更加强烈的绵长不觉的疼痛，缓慢从父亲心底抽出。

父亲和我一样，似乎到了走投无路的境地。

七

人类，从"石器时代"开始，就与石头有着千丝万缕的关联。赣南的故乡，石印村以及一个个包含"石"字的村庄，就是最好的佐证。

石头，影响和改变着我们人类世界。无形和有形的石头悄然地在人的身体中生长。肾脏结石、膀胱结石、输尿管结石、胆囊结石……越来越多的结石病，刺痛人类的神经，摧残我们的身体。然而，真正让我们疼痛的是藏匿在身体中的无形的石头。

我的乳名"石秀",注定将我和石头紧密联系在一起。我从小就是一个心重的孩子。小时候，我多愁善感，悲悯万物，望着蓝天白云，常常暗自泪流满面。长大后，凡事小心翼翼，处事瞻前顾后，如履薄冰。也许，我的内心一直填充着一块沉重的石头。母亲逝世后，我哭得最凶，越哭越伤心，总感觉一块石头堵在胸口。我甚至常常觉得，母亲的死，是因为我的乳名叫作"石秀"。我眼前不断浮现母亲挺着大肚子，攀登云端的羊石山，她累得汗流浃背，不得不停靠在陡峭的台阶处喘气。我不禁后悔，自己有一个"石秀"的乳名。

春末初夏，天气闷热。父亲依旧穿着冬天的厚棉袄，他怎么也没有料到，母亲会从冬天住院到夏天。我和父亲坐在手术室门口，旁边有我的弟弟，还有母亲的弟兄姐妹。前一晚深夜，我拨通了我姨的电话。我想到病床上奄奄一息的母亲，不禁号啕大哭，悲痛像一座大山，压垮我消瘦的身体。我的哭声像血脉深处的呼唤，母亲的兄弟姐妹连夜从各地赶来，第二天清晨，他们都出现在手术室门口。

手术从清晨一直做到晌午。我不知道父亲是因为身体发热，还是因为心情焦急，他满头大汗。他一会站着，一会坐下，看得我难受至极。手术室的门徐徐而开，主刀医生端出一个血迹斑斑的小盘子，上面盛着四颗花生大小的石头，颜色暗红。医生说，这就是你母亲的胆囊，它完全萎缩成石头。

术后，母亲被送进重症监护室。麻醉，慢慢苏醒。母亲睁开眼睛，看到又是白茫茫一片。迷糊中，她紧紧地拉住医生的手，哀求救救她。医生对母亲说，你要相信我们，要坚强，你一定可以好起来。母亲用力握住医生的手，拼命地点头。

母亲心里的磐石似乎复活。她与疾病激烈碰撞，与身体里的兽抗衡，与脆弱的自己挣扎。她开始逼迫自己吃东西，积极配合医护治疗。母亲面带微笑，像一朵枯萎的花，重新绽放。母亲，一个人在重症监护室与病魔战斗了两个月。这里，进行着一场又一场生与死的拉锯战。一个病人走了，一个病人又来了。有的人正在慢慢死去，有的人正在从鬼门关拉回来。门口的家属，他们有的哀声痛哭，有的沉默不语，有的焦灼徘徊，有的木讷静坐。

半夜，我被电话惊醒。医院重症监护室的医生告诉我，母亲肺部感染厉害，肺部白茫茫一片，氧饱和度严重不足，需要马上气管插管。我说，你等等，再等一等，我马上就到。我奔跑在寂静的黑夜，哭声将自己淹没。慌乱中，我不知道自己的车停在哪里，我站在黑暗中，四面楚歌。

我冲进重症监护室，看见病床上的母亲气喘吁吁，大口大口地呼吸，她满脸泪水涟涟。我将身体贴近母亲，擦拭她的泪水。我不知道如何安慰母亲，只是紧握着她的手。医生准备为母亲插气管的时候，她拼命地摇头，双手在空中挣扎，像与一只凶猛的野兽在搏斗。气管插管后，护士为母亲打了一支镇定剂，她呼吸均匀，安然入睡了。

各种导管布满母亲全身，她被折磨得遍体鳞伤。导尿管、腹水引流管、胆汁引流管、气管插管、鼻食管和留置针，它们像蜘蛛吐丝拉网似的，缓慢掏空母亲的身体。

死亡，是一个悠长的过程。弥留之际的母亲，她好像在爬一座高不可攀的山峰，好像在穿过一个深不可测的隧道，好像在横渡一条波涛汹涌的江河。母亲，她看不到尽头和希望，竭尽全力后始终没有抵达终点。

筋疲力尽的母亲最终妥协了，她实在是太累了。母亲看着我。我抱住母亲，像我小时候母亲抱我一样。我不停地喊母亲，安慰她别怕，我在这里。母亲泪流满面，呼吸越来越微弱，她慢慢闭上眼睛，像夕阳徐徐而落，像潮水缓慢退却，像油尽灯枯一分一秒走向泯灭。我望着安静的母亲，跪在地上，抱头痛哭。

天空阴沉，细雨绵绵。在殡仪馆，工作人员把母亲从冰柜拉出，我拉开包裹母亲的拉链。母亲表情安详，全身冻得僵硬，头发和眉毛凝结成白色的冰霜。母亲被推进焚尸房，黑色的寿木在焚尸炉的管道缓慢滑行，最终铁门关闭。我们跪倒在地上，门口的礼炮声震耳欲聋。我想到永远无法看到自己的母亲，眼泪不禁夺眶而出。

时间的火炉把母亲化为灰烬，再坚硬的石头在时光的风化下也将变得柔软，成为沧海一粟，终究无影无踪。母亲心头坚硬的石头终于落地，与她的身体和疼痛，归于尘土。只是，一块更加沉重的石头在我心底升起。

我接过骨灰盒，把母亲紧贴在怀里，不禁哀声痛哭。弟弟一旁为母亲撑伞，我抱着母亲颤颤巍巍往前走。四个月前，父亲和母亲坐在我车的后排，我们满脸欢欣，以为母亲病很快就会好。四个月后，我带母亲回家，她却变成一个小小的盒子。

车辆往归乡的路缓慢前行，天空湛蓝，眺望远方，只见夕阳西下，红彤彤的世界。夕阳照射在道路两旁郁郁葱葱的树林上，微风悄悄吹过，树影婆娑。

回到村庄，我跪在地上，泪眼汪汪地把母亲从车上抱下来，不停地大声哭喊道，妈，我带您回家了……

我安静地坐在母亲坟前，望着青郁的天际，群山旷渺，原隰郁茂。为兴建风力发电项目，轰鸣的机器正在村庄劈山开路，原本郁郁葱葱的石印村像剥了一层皮似的，岩石裸露，伤痕累累。

青山不语，村庄孤寂。我眺望辽阔的苍穹，望着遍体鳞伤的石印村，想到离开的母亲，胸部不禁袭来阵阵剧痛。我感觉，有一块沉重的巨石压在自己心头。

这块石头将伴随我疼痛的余生，时光流逝，它将越来越沉重，直到同我的身体，还有我此生对母亲的悔恨，一起埋葬在泥土中，最终与大地融为一体。

万物生长

一

　　晌午时分，村庄格外晴朗，天空飘着朵朵云彩。空山新雨后，不远处，一抹巨大的彩虹笼罩小小的村庄，像在空中架起一座色彩斑斓的天桥。一条河流从村庄中间静悄悄地穿过，川流不息。妻子站在河流的桥面上，旁边是茂密翠绿的竹林，远处是层层叠叠的梯田，星星点点的屋宇房舍坐落在山丘……

　　十年前，妻子第一次来到村庄，这里还是一条破旧的木板桥，桥面腐朽而光滑。我牵着她的手，小心翼翼地踩在桥面，人和桥都颤颤巍巍。记忆中，那是一个极冷的寒冬，冷得彻骨，山路结冰，厚厚的白雪覆盖了整个村庄。这是我的故乡，不是妻子的故乡，对她而言，是他乡。她家住在长江边，那里看不见山，一望无垠。每次回我的故乡，我都要一而再，再而三做她的思想工作。我开车翻越山岭，山路从山脚盘旋而起，到达顶峰，海拔近千米。妻子每次回去都是全程闭着眼睛。她说，回一趟家就像拿命在赌博。

妻子骨子里不情愿回我的村庄。不过，现在她偏偏站立在通往我村庄的桥面上。她远眺前方耀眼的彩虹，突然看到我母亲的影子，她飘荡在彩虹之中，影影绰绰。妻子不禁大声呼喊母亲。母亲并没有听到，她没有任何回应。妻子的呼喊声消失在空中，村庄一片阒然。

突然，一条巨大的蟒蛇出现在妻子眼前。它全身五彩缤纷，像穿着一身绚丽的绸缎似的，光滑亮丽，妖娆动人。蟒蛇像长着一对隐形的巨大翅膀，它在空中摇摆着柔美的身体，像一条轻盈的彩色绸带在村庄飞舞，又像空中燃烧着一团炙热的通红的火焰。蟒蛇看见斑斓的彩虹，一身摇曳，朝远处的彩虹飞去。一刹那，蟒蛇不见了，似乎悄无声息钻进了彩虹里面，与彩虹融为一体了。

妻子并不是被蟒蛇吓醒的，而是很自然的，梦醒了，人也跟着醒了。梦境中巨大的花色蟒蛇，如此温顺，那么迷人，妻子一点也没感觉到害怕。

妻子顺手拿起床头柜的手机，网上搜索"孕妇梦见大蟒蛇"，网页显示，孕妇梦见大蟒蛇意味着要生儿子。

妻子说，是妈又托梦给我了，不会真的要生一个儿子吧！她接着说，都说儿子像妈妈，他要是像我一样，个子不高，长大后娶不到老婆怎么办！说这话的时候，妻子感觉肚子里的孩子用脚狠狠地踢了她一下。妻子又说，怀一胎的时候，肚子没什么动静。现在，肚子里的孩子老是动个不停，白天动，晚上还动。我说，那应该就是一个调皮的男孩子吧！

五年前，妻子怀女儿的时候，她也梦见过蛇。不过，当年梦境中的是一条小花蛇。它悠闲地盘旋在草丛中，头向上伸展，竖起的身体像站立在地面的一根筷子，笔直而僵硬，小小的身体散发出一股咄咄逼人的杀气。它吐露着猩红信子，向人示威。有几次三更半夜，妻子被小花蛇吓醒。

网上周公解梦说，孕妇梦见小的蛇意味着要生女儿。这些都是迷信，我当然不信。只是，一个孩子呱呱落地前，性别是一个秘密。我们都对这个秘密充满好奇。

生男生女，顺其自然。也许，一切都是命中注定。

可是，我的母亲做梦都想抱大孙子。

只可惜，她离开时并没有如愿以偿。

母亲重病住院期间，她有一次对我说，自己不舍得死，因为还没看到孙子。我对母亲说，要是清如在，就别说这样的话。我有些生气，起身离开了病房。清如是我的女儿。她，不是一个男孩。我对母亲根深蒂固的重男轻女思想，心存反感。

儿子又有什么好呢？女儿才是小棉袄。母亲要是有一个女儿，她生病住院期间，天天守护在她病床前，照顾她，开导她，也许，这样母亲就还活着。

母亲弥留之际，她看着我。我明白，母亲要见妻子和清如。天还没有亮，我打电话叫妻子带女儿赶快到医院来。女儿到病房后，老是躲在妻子身后，不敢靠近母亲。妻子不断地叫女儿喊一声"奶奶"。女儿两眼泪水汪汪，终究是没有开口。女儿从小是母亲带大的，她当然疼爱女儿。但是，母亲更希望看到的是孙子。

生儿育女，养老送终。母亲还未老，就离开了我们。母亲住院治疗将近半年，光在重症监护室就住了一个多月。她忍受了常人难以承受的疼痛。母亲的气管插管拔掉后，我们都以为她终于挺过来了。她一开口就说，要不是看在你们两兄弟的份上，我何苦去受罪。我一想到母亲泪水涟涟的样子，就感觉心堵得慌。

我对女儿说，我老了，生病了，你会救我吗？话一说出来，我突然觉得，自己有些矫情。女儿还小，她当然不明白什么是生死。

父母活着，多半是为了子女。而人到中年的子女，父母又何尝不是我们的精神皈依呢？母亲走后，我才真正体味到人生只剩归途的痛楚。夜深人静时，我一想到自己逝去的母亲，就不禁泪如泉涌。

我们短暂的生命，如击石火，似闪电光。唯有，生生不息的血脉，像一点点微弱的星火，照亮我们漫漫归途……

二

俗话说，酸儿辣女。妻子怀女儿的时候，她特别喜欢吃步行街的重庆酸辣粉。我问她，你是喜欢酸辣粉里面的酸味，还是辣味？她一会儿说酸，一会儿又说辣。我有些摸不着头脑。

在二十二周做四维彩超的时候，我直截了当地问B超医生，妻子怀的是男孩，还是女孩。后来，我听人家说，想知道男女，一般是问医生孩子穿什么颜色的衣服，如果有一胎的话，可以问是弟弟还是妹妹，或者其他一些含蓄的说法。医生笑嘻嘻地说，是一个X。我开始没有反应过来，半天才明白是一个女孩。我把准备好的红包偷偷地塞给医生，他硬是没要。也许，要是妻子怀的是一个男孩，他就收了吧！

我打电话把彩超检查结果告诉母亲。她怎么也不相信。我说，这是科学，你要相信科学。母亲不懂什么是科学。她心存侥幸，坚信一定会是一个男孩子。因为，她自己生的是两个儿子。

母亲从村庄风尘仆仆赶来，满脸挂着灿烂的笑容，身体似乎夹带了一阵和煦的春风。母亲穿了一条黑色的蕾丝连衣裙，棕色的丝袜，黑色的靴子。这身打扮让我十分诧异。她看上去有些微胖，但丝毫不影响她走路的姿势和速度。她快步从火车站走出来，全身上下背着大包小包。和母亲一起进城的，还有她给孩子出生后准备的新衣服、鞋袜和帽子……母亲还特意准备了一些人家小孩穿过的衣服。她说，孩子一出生要穿旧衣服，这样才好带。母亲说话的声音特别大，她以为自己还在乡下，我感觉楼上楼下都听得一清二楚。她显然是太兴奋了。

母亲来了。我担心她和妻子相处不好。年轻时，母亲争强好胜，脾气暴躁。她生气的时候，有时候像一串爆竹一点就炸，噼里啪啦，喋喋不休，更多的时候像一阵横扫大地的狂风暴雨，气势汹汹，一发不可收拾。小时候，每当看到母亲生气发火，我就习惯躲得远远的。

多年没有和母亲住在一起，她性格变得十分温和，像大地经历狂风暴雨洗涤之后，无比平静。她和妻子说话时，轻声细语，她似乎故意把语调压得特别低。

母亲不认字，妻子是小学教师。我几次下班回家，看到妻子正在客厅教母亲识字。她们坐在沙发上，紧紧地挨在一起。有时候，妻子还教母亲写字。妻子握住母亲的右手，耐心得像教她自己的小学生一样。母亲写的字歪歪扭扭，像一只只蚯蚓爬行在纸上。她看着自己写的字，哈哈大笑说，像鬼画的桃符。

母亲的笑声爽朗、纯粹。她的脸上像盛开了一朵怒放的鲜花，绚丽多彩。我以为，这应当是世间最和谐的婆媳关系。我多么希望，这些美好的瞬间能永远定格。

疼痛说来就来，妻子并没有做好思想准备。阵痛，在夜色中弥散开来，由轻微走向剧烈，像一条暗河，在妻子身体里激烈地涌动着。她咬紧牙关在病床上翻来覆去，像与一只猛兽在激烈地战斗着。我来回在病房和护士站焦急地跑来跑去，一遍又一遍问护士可以进待产房了吗？她们头也不抬，慢条斯理地说，哪有这么快。我跑到病房看到妻子痛得更加厉害了，她不禁哀声痛哭起来。终于，等到宫口开到三指大小，妻子被推进了待产房。她紧紧地抓住我的手不放，眼神里一片恐惧。

女人生育一次，就像走道鬼门关。每一个女人，只要进入了产房都将陷入孤绝，疼痛唯有自己独自承受。妻子告诉我，女人生孩子，就是生不如死。她还给我撂下一句话："我这辈子不会再生孩子了，要生你自己生。"

我是一个男人，当然不会生孩子。我唯有沉默不语。一个男人，永远不能体会一个女人生孩子的疼痛。

深夜，病房光线暗淡，空气中散发出一股浓郁的药水味。四张陈旧的病床拥挤在一起，房间不时传来婴儿的号哭声。刚出生的女儿闭着眼睛，正在安静地睡觉。她皮肤还没有完全舒展开来，肤色稍显黑，五官俊美，头发乌黑，眉毛浓密，鼻梁英挺。

母亲对着女儿说，长得倒是像一个男孩子。接着，母亲一声叹息，后来整个晚上一声不吭。我感觉暗淡的病房跌入一片漆黑，空气似乎凝固了似的。昏暗的夜色中，母亲耷拉的脸好像一把锋利的屠刀，肆意游走在妻子脆弱的心间，一点一滴割断了她们美好的婆媳关系。后来，妻子告诉我，那一晚，你妈耷拉的脸，都快要掉地面上了，脸色阴沉得像一块烧焦的饼，乌漆墨黑。妻子学的是中文，教的是语文，她说话喜欢用夸张和比喻。

女儿两岁的时候，有一天傍晚，我下班回来，屋内一片哭声。母亲和妻子因为一些鸡毛蒜皮的小事吵起来了。妻子哭泣地说，清如出生的时候，我的心就伤透了。母亲哭得更加大声了。她说，我又没有责怪你，我是伤心石秀（我的乳名）没生到儿子。压抑多年的母亲又重新爆发了，她的身体里似乎有一头发怒的狮子在横冲直撞，她怎么也无法抑制自己。

母亲一边拼命哭泣，一边在房间收拾行李。她抹着眼泪离开了我的家，像她进城时一样，走路像一阵风，脚步急促，全身上下大包小包。只是，这一次她不是风风光光，而是显得狼狈不堪。父亲沉默不语，只能屁颠屁颠跟在母亲后头。我急忙冲下楼，发现父母已经走出了小区。在寒风细雨中，我深深地凝望父母渐行渐远的背影，不禁泪流满面。

这些年，我和妻子、女儿只有春节才回村庄。每次回去，母亲都像招待远方来的贵客一样，她埋头忙前忙后，张罗一日三餐，甚至把洗脚水也端到我们房间来。她和妻子的关系变得拘谨和生疏，凡事都小心翼翼，就好像她从厨房端一碗盛满的滚烫的汤到客厅一样，步步谨慎。一次争吵，足以摧毁美好的婆媳关系。母亲再也没有回城里住了。她对左邻右舍说，自己在城里住不习惯，还是乡下好。母亲离开后，父亲对我说，你妈嘴上是这样说，可心里不是这样想的。

时间可以愈合伤口，可却永远不能抚平伤疤。母亲心里这块深沉的疤痕，最终，伴随着她的身体归于尘土。

三

深秋，村庄早晚开始有些凉了，远处的山峦铺着一层层薄雾。霜降已过，再过几天就立冬了。五年前的这个深秋，影响和改变了无数中国家庭。

每天傍晚，父亲都习惯打开电视机看新闻。父亲不是看新闻内容，而是看电视上有没有出现我的名字。五年前，我还是一名电视记者。有几次，父亲在央视《新闻联播》记者一栏看到我的名字，他就马上拨打我的电话。电话那头，父亲的语调很高，我虽然远在他乡，可依然感受到了他脸上荡漾着轻轻的微笑。

一旁的母亲心情却和变冷的天气一样，仿佛掉入了结满冰霜的雪白冷窖。白天，隔壁刘叔为孙子摆满月酒。母亲高高兴兴去，却满脸阴沉回来。刘叔的儿子与我同龄，他已经有两个儿子，一个女儿。人家见我母亲就故意问，石秀什么时候生儿子？母亲被问得哑口无言，感觉哑巴吃黄连，有苦说不出。因为，我已经有一个女儿了。我只能生一个。

村庄有些人说话就更难听了。她们尖刻的舌头就像吹拂在冬天里的寒风，一阵又一阵刮在母亲布满皱纹的脸上。母亲对着正在看电视的父亲说："他们说的话，比戳我脊梁骨还痛。"母亲说这话的时候甚至咬紧牙关，她表情愤怒，可又无可奈何，嘴里似乎要喷出一团火苗。生性好强的母亲，生了两个儿子的母亲，只能把愤怒的火苗咽到自己肚子里去。面对人家背地里的说三道四，性格刚毅的母亲柔弱得就如同一团软泥。她心中的希望，就像走向熄灭的星火。

然而，一条简短的新闻瞬间又点燃了母亲心中的星火。每晚必看《新闻联播》的父亲那天没有在电视上看到我的名字，却捕捉到了一条令他兴奋的新闻。当他听到"全面实施一对夫妇可生育两个孩子政策"的时候，他激动得差点就要跳起来。一旁的母亲更是激动不已，她感觉一只活蹦乱跳的兔子闯进了自己胸中，她的心脏扑通扑通加速跳动。母亲感觉眼泪在眼睛里面不停地打转，最终控制不住，夺眶而出。

母亲用发抖的手拨通了我的电话。她的声音异常响亮，每一句话，每一个字，几乎都是从嘴里喊出来的。我从声音判断出母亲握着手机的手，依然还在不停地颤抖着。她无法抑制心中那只活跃的兔子，她身体里又蹿起了一团火焰。不过，这是一团属于她的火焰，它燃起希望，烧开冷言冷语，最终将它们人间蒸发。

黑夜中，母亲似乎看到了一道明亮的光。

妻子态度依然十分坚决。她还是那句话，"要生，你自己生。"显然，生女儿给妻子留下了疼痛的阴影。她害怕生不如死的疼，更让她锥心的是，她恐惧母亲那张耷拉得快要掉地上的脸。

和我们无动于衷相比，周围的人好像都纷纷加入生二孩的浩浩荡荡大军中。大家见面就问，生二胎了没有？没有？怀了吧！活着，有时候就像一场梦，就像那些抓住生育年龄尾巴，突然有了二孩的人一样，当孩子呱呱落地时，他们依然感觉自己还在梦中。

不过，世间所有的事情，哪都是十全十美。残缺，才是世界的常态。我们生活的世界是矛盾体，矛盾的世界，矛盾的我们。就比如怀孩子，有些人想尽各种办法，就是怀不上，而有些人压根儿不想生，却偏偏怀上了。

妻子属于后者。在全面开放二孩第二年，妻子意外怀孕了。在阴暗潮湿的医院，小小的诊室挤满了一双双渴望的眼睛，医生一句话可以让一对夫妻欣喜若狂，也可以将他们打入冰窟。

在彩超检查室，色迹斑斑的墙面上挂着一块"禁止非医学需要的胎儿性别鉴定"的牌子，上面留有举报电话。可是不少夫妻都会忍不住打听孩子的性别，他们把准备好的话先隐藏在肚子里，寻找最恰当的时机偷偷抛出。他们试探的语调有些战战兢兢，像身体冷得发抖时发出的声音，因为他们期待而恐惧答案。

妻子拿着彩超检查单对我说，我宁可去吃石头，也绝不会再生孩子。生育一胎的阴影，似乎在妻子心中变成了一块沉重的磐石，它已经坚不可摧了。

妻子跟着医生走进人流操作间，她一脸淡定和坚决。从妻子轻松的表情来看，她绝对没有预料到人流的痛。妻子要是预料到了做人流的疼痛，她是不是就要了那个孩子呢？要是孩子出生了，现在已经四岁了。他或者她，是一个男孩，还是一个女孩呢？可是，世界没有假设。

我被医生挡在了隔帘外。我站在门口，看见隔帘不停地在晃荡着。是窗外吹来寒风，还是妻子的身体在颤抖呢？她痛苦的呻吟一阵接一阵，就像晃动的隔帘，让我焦急不安。我的身体也不禁跟着颤抖起来。冰冷的器械伸进妻子发抖的身体，它像一只细长的手，长着锋利的魔爪，不断地在妻子的子宫胡乱刮挖。我不禁想到了工地轰鸣的挖掘机，它们不就是这样一点一滴挖掘大地的子宫吗？

我听到医生对妻子说，腿叉开些，再叉开些。我仿佛看到医生用手死劲地压开妻子的双腿。紧接着，我听到妻子哀声痛哭。我看见冰冷的医院呼啦啦地刮起一阵阵冷风，像孩子的哭啼声，从遥远处飘来。只见，地面尘土飞扬。窗外，树上的叶子哗哗作响，像一群孩子在嬉笑。哭啼和嬉笑，相互交织，隐隐约约……

一堆银灰色的肉团，终于从妻子子宫剥离，扑通一声掉落在地面的桶里。它已经失去了原来的模样，或者说它还没来得及成型。看到血迹斑斑的肉团，我感到一个男人从未有过的羞耻。

我扶着泪水涟涟的妻子，颤颤巍巍走出了人流操作间……

这些年，我和妻子不再提生二胎的事情。母亲隔三岔五打我电话，催我们赶快生二胎。她经常说，还不生，人都老了。她是说她自己老了。她老了，就带不动孩子了。

母亲终究没有盼到我们第二个孩子出生。

她并没有老，可是她却突然走了。

母亲重病期间，妻子每天忙碌给她煲汤、做饭。母亲一点胃口都没有的时候，我就告诉她，这是妻子起早摸黑做的，于是母亲咬紧牙关勉强吃上几口。住院期间，母亲老是唠叨妻子的好，后悔自己当年和妻子吵架。她住进重症监护室后，拉着我的手要我把妻子叫来。病魔正一步步掏空母亲的身体，她已经瘦骨嶙峋，全身只剩一骨架。妻子来到重症监护室，走进母亲的病床，紧紧握住她的双手，不禁失声痛哭起来。母亲同样是泪水涟涟，她不断地安慰妻子不要哭，催她赶快回家去，要不然清如一个人在家害怕……

回到家中，妻子依旧是哭得稀里哗啦。半夜，我被妻子的哭声惊醒。我不知道如何去安慰她。夜色幽暗，窗外是滴滴答答的雨水，偶尔雷声轰隆。

第二天一大早，妻子突然对我说，我们还是再生一个吧！我十分诧异，看着两眼哭得红肿的妻子，感觉自己听错了。妻子又说了一遍，我们还是再生一个吧！我说，你不是说过，宁可去吃石头，也绝不会再生孩子吗？妻子说，妈不是一直想要孙子嘛！

我哽咽不能言语，喉咙好像突然被异物堵住了……

四

我悲痛地跪倒在地上，双手颤颤巍巍举起沉重的锄头，然后用尽全身之力将锄头狠狠地落下。我挖开一撮黄土，伸手拾起，紧握手心，最后举手用力把黄土抛向后脑勺。我是长子，母亲的墓地第一次锄黄泥需要我挖。

地理先生站在我身旁，他时而环顾四方，时而凝视远方，用罗盘反复在定位。他已经是老态龙钟了，白发苍苍，气喘吁吁，手上的罗盘不停地颤抖。为了请先生，我和父亲费尽了周折。他幽居深山老林，我们跌跌撞撞行走在崎岖而湿滑的山间，只见山中云雾缭绕，天空下着蒙蒙细雨。我见到先生，扑通给他跪下。看惯了生死的先生为英年早逝的母亲感到惋惜，他唉声叹气地说，生死有命，富贵在天。医院治得了病，但治不了命。我们坐在土房子的屋檐下，山间雨越下越大，雨滴噼里啪啦落在屋顶的瓦片上，屋檐的雨水像一条条瀑布一泻而下，落在地上，又飞溅四周。

先生蹲在地上，双手紧握罗盘，并把它靠在胸前，最终确定了母亲墓地的朝向。他对父亲说，这座风水落下去，你们家马上将添丁，将来一定人丁兴旺，万代昌顺。我们村庄把祖坟称之为"风水"。"丁"指的是男孩子。

我安静地坐在母亲墓地前，眼前一片翠绿，万物滋长，周围的青松、翠柏、禾树、香樟等树木吞吐出碧绿的叶子，遍布满山的一株株木梓树枝头纷纷鼓起快要绽放的花苞。远处，青山连绵，天际渺茫，山空对影。此刻，我终于懂得了母亲。她不是为了自己，而是为了我，为了生生不息的血脉。流淌在我们身体深处的血液，就像一条川流不息的河流，我们一代代都将归于尘土，唯有世间万物，生生不息。

只是，母亲不明白，是所有母亲用生命换来的繁衍生息。

父亲蹲在母亲坟前，他用粗糙的纸钱小心翼翼擦拭母亲的墓碑。原本崭新的墓碑变得发亮，太阳照射墓碑，一片闪烁。他这个动作不禁让我想起每年清明给祖母扫墓的情景。

我没有见过我的祖母。她和我的母亲一样，都不幸英年早逝。祖母正值不惑之年，却突然重病缠身。我曾试探父亲，祖母这么年轻，没送她去治疗吗？父亲含泪说，那时候连饭都吃不上，哪有钱治病。而我自己的母亲，在经历长达四个多月的马拉松式的救治后，最终还是离开了。也许，真的是人治得了病，却治不了命。

祖母在一九七八年腊月二十八猝然撒手人寰。祖母无比留恋世界，要不然她出殡前，灵柩就不会突然散架。祖母的遗体暴露在寒风凛冽之间，她是想最后看一眼恋恋不舍的世间。

除夕前一天，五十岁的祖父隐忍着满腔的悲痛，扛起锄头走向朝南的后山。紧跟祖父身后的是他三个儿子，小的不满十岁，老二十五岁，老大二十岁。村庄，白雪茫茫，寒风刺骨，四个男人举起锄头一点一滴挖掘墓穴，他们的身体弯成弓一样，汇聚了无限悲凉。他们的运气太差，选中的几个地方中途都挖到大石头，他们只能不停地更换地方。四十二年过去了，现在依然可以从祖母的墓地看出，当年她的下葬是多么仓促和草率。安葬祖母的祖坟一片荒芜，坟身坍塌凹陷，墓碑倾斜，碑文上的字被风化得模糊不清。

去年清明，伯父把我们叫到祖母坟前，商量修缮坟墓。伯父对着自己母亲的坟墓有些哽咽地说："妈——我们做子孙的对不住您！"我们安静地坐在山坡上，山峦叠嶂。我抬头仰望天空，澄净蔚蓝，蓝得耀眼，白云缓慢地从头顶飘过，仿佛山坡跟着天空在旋转……

1978年寒冬，祖母逝世时，她含泪丢下四个男人。四十多年过去了，现在繁衍成了二十余人。父亲将这一切归功于祖母的风水好。这也是为什么一直不去惊动修缮祖母坟墓的缘故。

母亲离开第60天，弟媳生下一名男婴。恰巧的是，侄子出生和我母亲逝世都同在清晨的卯时。母亲六时四十九分逝世，侄子七时零一分出生。前后相隔仅十分钟左右。

我和父亲乘坐高铁去省城看望孩子。我们父子并排坐着，谈起刚刚离开的母亲，两个男人都不禁热泪盈眶。母亲住院的时候说，等病好了，她要去带孩子。我凝望窗外，广袤的田野变得模糊，收割的机器、村庄的房屋、沿线的树林、纵横交错的电线杆……它们都变成一个个模糊的影子，飞速从我眼前一晃而过。

父亲小心翼翼地抱着刚出生的婴儿。他终于眉宇舒展，嘴角上扬，脸上露出了久违的灿烂的笑容。

我的母亲，她在天之灵，一定看到了这一切。

我们回到村庄，来到母亲坟前，把这个好消息告诉她。父亲用手轻轻敲了敲母亲的墓碑说："兰生华（母亲的名字）别睡那么沉，你醒醒，你不是一直盼孙子啊！根根（弟弟名字）生了一个儿子。"父亲还补充道，"你一定要保佑石秀也生一个儿子。"

我蹲在母亲坟前，盯着墓碑，滚烫的泪水模糊了双眼。我想到母亲临走时对我说，自己还没看到孙子，不舍得走。我不禁泣如雨下。我，无比心疼可怜的母亲。

我的祖母蔡春秀，生于一九三零年腊月十六，殁于一九七八年腊月二十八。我的母亲兰生华，生于一九六七年三月初三，殁于二〇二〇年四月初九。我常常无比怀念这两个女人，两个母亲。

她们的身体变成了一条源源不断的沉静的河流，在我身体内静悄悄地流淌着。她们的灵魂化作了一束永不熄灭的星火，成为我心中最明亮的地方。

五

在医院彩超室，妻子躺在狭窄的检查床上。医生将一种透明的液体均匀地涂抹在她肚子上。紧接着，医生娴熟地操作着超声探头。妻子的肚子里游走着一股冰凉的感觉，像在轻轻地按摩。偶尔，医生稍微用力按压B超探头，妻子感觉到一阵轻微的疼痛。

这是妻子二胎第一次做产检。彩超检查报告单提示：宫内早孕，胚芽存活，长约3mm，可见心搏。我眼睛盯着彩超报告单，想到母亲弥留之际的样子，还有她说过的话。我多么希望，这是一个男孩。

从彩超室出来，妻子要去一趟洗手间。我也走进男洗手间。当我对着马桶拉尿的时候，发现洗手间墙面都贴满了密密麻麻的小广告。上面的内容有试管供卵代孕（包生儿子）、无痛人流、性别检测、月子中心、母乳喂养……其中，有一条广告写着"上门采血，49天检测男女"，上面留有电话，并注明微信同号。当看到这些琳琅满目的小广告，我在想妻子怀的是男孩，还是女孩？我甚至快速地用手机拍下了检测男女的小广告。我急匆匆走出洗手间，心脏扑通扑通地跳动，脸上感觉火辣辣的，有一种做贼心虚的内疚感。

走出医院的时候，妻子对我说："不知道这次怀的是男孩，还是女孩？"我回答说，顺其自然，健康就好！我打开手机，把刚才在洗手间拍的小广告删除了。

检查出怀孕后，妻子几乎每天都被梦绑架。不过，她倒是愿意被这些美妙的梦绑架。她经常梦见蛇，而且每次都是巨大的花蛇。她还经常梦见我的母亲，每次梦境，她都回到了我的小村庄。妻子挺着大肚子，她和母亲一起走在乡间小道。路是鹅卵石铺就的，妻子脚踩在上面感觉有些疼。道路两旁是金灿灿的稻子，血色的黄昏，夕阳西下。她们并排走着，有说有笑，母亲突然就不见踪影了。妻子焦急地站在渐深的暮色中，环顾四周，只见树影迷离，田野茫茫。晚风从稻田吹起，一波又一波，不绝如缕。妻子大声呼喊母亲，呐喊声消散在晦暗的暮色中……

一个深秋的早晨，妻子又梦见了母亲。母亲正抱着我们的孩子。孩子是一个男孩。母亲不停地做着各种鬼脸，把孩子逗得哈哈笑。孩子睁着黑溜溜的大眼睛盯着母亲，她脸色荡漾着春天般的笑容。妻子似乎被孩子爽朗的笑声惊醒。她睡得有些迷糊，左右看看，发现床上就她一人。她下意识地想到刚好是周末休息，我带女儿去兴趣班学舞蹈了。

睡意蒙眬的妻子想再睡一会儿，她蹬了蹬床上的被子。就在她拉被子的一瞬间，妻子隐隐约约感觉床头有一双大眼睛看着她。这是一双炯炯有神的大眼睛，透过这双大眼睛，妻子感觉有一个小孩正趴在床头。妻子定神一看，她们的眼睛相互对视。天呀！这哪是孩子，这明明是一条小狗。

这是一条黑色的迷你狗。它两只前脚悠闲地架在床头，脑袋尽情地往床上探视。它张开嘴巴，眼神温顺，神情悠然自得，好像在床边守护着女主人睡觉似的。

妻子生性怕狗。可是面对眼前这个"不速之客"，她不仅不害怕，还感觉到一丝亲切和惬意。她爬起床，走向客厅，狗也跟着出来了。妻子发现是我早上出门时没有把门关紧，狗是自己进来的。她打电话告诉我，家里来了一条迷你狗，并责怪我做事毛毛糙糙，出门也不把门关紧。

迷你狗寸步不离跟着妻子，倒像她才是自己真正的主人。妻子刷牙，它就跟到洗手间。妻子做早餐，它就跟到厨房。妻子坐在客厅沙发上，它竟然也跳到沙发上，悠闲地蹲坐着。

妻子把小狗的照片传到小区微信群，询问是谁家的狗。过了很久，狗的主人才来。小狗依依不舍地离开我家，摇着尾巴，慢悠悠跟着主人回家了。

晚上，我和妻子躺在床上，聊起白天狗进家门的事情。

我对妻子说，你说妈是不是今天回来了？

妻子说，应该是吧！说完，她就安然入睡了。房间发出均匀的呼吸声。我把手掌贴在妻子隆起的肚子上，感觉里面的孩子正在拳打脚踢地运动着。一个快要成熟的婴儿正躁动于妻子腹中。

深夜，月光皎洁，明亮的光线散落窗前。窗外，是一个寂静的世界。可在沉静的夜色中，我分明看见世界蓬勃生机，万物生长，生生不息……

消失的房子

一

半夜，我被电话铃声惊醒。我还没接电话，就知道母亲可能快不行了。母亲生病住院四个月，父亲每次打电话来都让我胆战心惊，手机清脆的铃声，像一颗颗子弹朝我射击。

我奔跑在黑夜中，哭声像洪水一样将我淹没，一只凶猛的野兽在我身体上下窜动。我跑到医院，来到母亲床前，紧紧握住她的手。望着弥留之际的母亲，我眼泪不禁簌簌落下。母亲形神枯槁，泪水涟涟，病痛将她摧残成一片凋零的黄叶，由郁郁葱葱变成满目疮痍。父亲低头弯腰贴近母亲，身体好像弯成一个弓，汇聚了满腔的悲痛。父亲对母亲说，我带你回家，地给你选好了，就在我们老家房子旁边的山坳上。那里坐北朝南，视野开阔，冬暖夏凉，你说过自己很喜欢。你要记得保佑子孙后代。母亲望着父亲，用最后一丝力量点了点头。

天，终于亮了。病房外的世界慢慢开始光明。母亲顺着光线找到了回家的路。我缓慢地开车。父亲抱着母亲坐在后排。四个月前，我把重病的母亲从乡下接到城里治疗，她和父亲也是坐在我的车后排，恍若隔世，就像一场长梦，现在母亲变成了一个小小的盒子。

车辆离开城市，跨过河流，翻越高山。车窗外，阳光斑驳，微风轻轻吹过，树影婆娑。母亲，终于如愿以偿，她可以回家了。

车子开到了村庄，看到自家的老房子，我眼睛不禁模糊，泪水像断线的珍珠一滴滴掉下。以前，我每次回家，母亲都会站在老屋前伸长脖子守望。她总会朝我大声喊我的乳名。今后，我永远看不到母亲了，也听不到她熟悉的声音了。

我双膝跪在地上，小心翼翼把母亲从车上抱下，我双手拖住母亲，将她贴在胸前，缓慢地往家里走。小小的盒子，沉甸甸的，像一块沉重的巨石，压在我心头。

老屋前，亲人跪成一排，哭声压过一切，覆盖河流，高过群山，空旷的村庄瞬间装满悲痛。我颤颤巍巍穿过亲人，把母亲抱进老屋，轻轻地放在中厅右侧的桌子上。我把包裹母亲的红布缓慢打开，跪在地上哀声痛哭。我不停地告诉母亲，妈您回家了……

一个家，需要女人精心打理。母亲是房子的烟火，是房子的光明，是房子的风水。母亲没了，房子就没有了精神，没有了灵魂。房子虽然在，可家没了。春光明媚，家中光景却是清冷不堪，房前屋内，满目狼藉，无限苍凉。门前，杂草淹没鞋面，脚踩在上面，咔咔作响。屋内，光线晦暗，杂乱无章，像刚刚经历一场凶残的盗窃案，一片混乱。

弟弟在门前除草，我和父亲在屋内收拾。家中的锅碗瓢盆、镰刀锄头、衣服棉被，父亲没有任何头绪，他像一只可怜的无头苍蝇，东找找，西看看。父亲每想找一件自己需要的物品，翻箱倒柜就是看不见。他不再找了，瘫软地坐在椅子上，唉声叹气。弟弟朝屋内喊，镰刀在哪里？我习惯地脱口而出，你问妈啊！再看看静静安放在中厅的母亲，心如刀绞。

房子，是黄泥巴筑成的土房子。它是远离群屋的一栋独屋，也是村庄唯一的土屋。房子孤独地耸立在半山腰，苍老而荒凉，像人至暮年，身体孱弱，在风雨飘摇中摇摇欲坠。

夜色降临，村庄滴滴答答下起了雨。父亲、我和弟弟静坐中庭门口，陪伴母亲的蜡烛安静地燃烧着，时光似乎静止。我看一看中厅的母亲，再望一望漆黑的村庄，雨滴仿佛是密密麻麻的箭，纷纷扬扬从天而降，箭箭穿透我的心。

雨越下越大。土屋开始漏雨，雨滴穿过屋顶破碎的瓦片，掉落在二楼的木板上，咚咚作响。父亲打着手电筒，爬楼梯上了二楼，用木桶接雨水。可雨滴还是落在了中厅，打在母亲的骨灰盒上，父亲拿来一把雨伞，为母亲撑开。

整个夜晚，父亲都在不停地翻身。父亲睡中间，我和弟弟睡两侧。父亲花甲之年，我和弟弟而立之年，母亲逝世，让我们三个男人拥挤在一起。黑暗中,我睁开眼睛盯着窗户,竖起耳朵听窗外一切动静。远处,感觉似乎传来母亲絮絮的说话声,等我再伸长耳朵,声音却消失了。雨一直下,我老惦记母亲会不会淋湿。黑暗中,父亲发出一声长叹,风雨飘摇的房子好像在颤抖。天快亮了,父亲才发出均匀的呼吸声。睡着的父亲,突然全身一阵战栗,他被惊醒了。父亲应该是梦见了母亲。我想问父亲,话到嘴里,又咽回去了。

上午,沉静的房子开始热闹起来。我披麻戴孝站在门口,亲朋好友陆陆续续来了。我向前迎接,给他们一个个扑通跪下磕头。他们连忙把我扶起,像竭力去扶起寒风凛冽之中的一根瘦弱而枯萎的稻草。狭窄的房子变得拥挤而嘈杂,像用力在吹一个气球,步步膨胀,逼近崩溃。敲锣打鼓、唢呐吹奏、道士念经和声声哭啼相互交织在一起,淹没悲痛而渺小的我。声音从老屋传出,由急促变得悠扬,掠过幽谷高山,销迹在村庄上空,余音缭绕。

母亲活着的时候,喜欢热闹。年轻的时候,三十多里的隔壁乡镇唱"三角班"她都要跑去看。这些为她送行的吹拉弹唱,吵吵闹闹,她听得见吗?母亲出殡前一晚,我们把她的衣服、鞋袜、棉被都燃烧了。漆黑的夜晚被通红的火焰点燃,我们围着火堆跪着,火越燃越烈,火焰腾空而起,哭声像激烈的潮水般淹没寂静的村庄……

在通红的火焰照耀下,黑暗中的土房子变得清晰和明亮,墙面金黄、瓦片暗红。我看到土房子全身布满千疮百孔，像曾经穿过一个个猛烈的子弹，在风吹雨打后留下累累伤痕。透过燃起的火焰再看土房子时，它的样子变得模糊和飘浮。破旧的房子伴随着火焰晃晃荡荡，摇摆不定。

泪光中，我眼中的土房子慢慢地消失了。

二

上世纪九十年代初，一个晴朗的上午，父亲在村口山坡伐木，他不经意远眺前方：天空湛蓝，朵朵白云，近处是内敛而沉静的河流，远处是含蓄而奔放的两座山峰。这两座山峰，我们村庄叫作"大小尖"，又称"双乳峰"。他嘀咕着，这里视野开阔，坐北朝南，前有流水，后有靠山，面朝"大小尖"，风水极好，盖一座房子多好！

夜色如墨，劳作一天的父亲回到家中。他疲倦不堪，满身汗味，心里只想赶快冲一个舒服的冷水澡。父亲穿着一条短裤走向屋后的水井，他用力将水桶打入井中，水桶咕噜咕噜下沉，冰凉的水装满水桶。此时，邻居刘嫂正在靠近水井的厨房做晚饭，灶台火焰旺盛，锅里开水翻滚，蒸笼的米饭发出阵阵清香。当父亲准备提水返回时，刘嫂把蒸好的米饭从锅里端起，随后用水瓢把锅里沸腾的开水往屋后井边倒。

黑暗中，父亲感觉一片燃烧的铁水扑向他的大腿，像一只猛虎朝他奔来，把他扑倒在地，大口大口撕咬他。父亲在地上痛得打滚，他巴不得跳入水井里面，将身体滚烫的铁水放入冰冷的水中冷却，淹没那一只龇牙咧嘴的猛虎。

父亲在床上躺了三个多月。母亲经常在床边哭泣，她一边心疼父亲，数落没长眼睛的开水，一边哭诉破旧的土坯房，十多个人拥挤在一起，人挤人，才让父亲受伤的。

房子处在深山老林，离外面的村庄有十余公里。这个叫作桐家洲的地方，实际上就是一个巴掌大的小山窝。房子由黄泥巴筑成，屋顶盖瓦片，两层，一楼住人，二楼放粮食、堆杂物。三间正屋坐北朝南，中间是公用的祠堂，两侧各一间客厅。三间正屋两边对应建了四间横屋，一边是祖父家，另外一边同姓人家。四间房子祖父一间，父亲三兄弟成家后各一间。

外祖父看中父亲勤恳老实，把自己的大女儿嫁给了他。父亲结婚时家徒四壁，家当就是一些锅碗瓢盆，一间十余平方米的土坯房。但，外祖父相信自己的眼光。他常说，人只要勤劳本分，日子总会好起来的。

我和弟弟相继出生，一家四口拥挤在一间屋子，狭窄的房间铺了两张床，中间勉强可以过人。生活，像一块沉重的石头，父母在贫瘠的山村负重前行。每年到了春夏之交，家里就断了粮食。雨一直下，河水猛涨，母亲穿蓑衣、戴斗笠，悄悄地走出家门。她来到门口的田埂上，小河边，拾野菜、割猪草，雨滴湿润了母亲的衣裳，流进她的身体。风雨之间，母亲的镰刀在空中不停地舞动。镰刀，可以收割生活的粮食和希望，却永远割不断母亲心中丝丝缕缕的忧伤。

经过一年的时间，父亲的腿才算彻底恢复，他开始下地干活。父亲卷起裤脚，大腿蜡白，换过一层皮的肌肤就像燃烧过火焰一样，看不见丝毫毛发，惨不忍睹。

身体初愈的父亲来到村口山坡上，他安静地坐着，望着云雾之中的"大小尖"，想到一天天长大的两个孩子，他下定决心要盖一座属于自己的新房子。

当年，村庄还没有挖掘机，父亲只能用锄头一点一滴开垦。每天清晨，天蒙蒙亮，父亲就扛着锄头从桐家洲出发，来到村口山坡上。他把腰弯成弓形，双手紧握锄头把，聚集全身力量，用力将锄头甩向空中，然后狠狠地落下。锄头与石头猛烈撞击，发出清脆而刺耳的响声，溅起一滴滴火花，一瞬间就消失了。父亲弯腰开垦的背影，出现在晨曦中、烈日下和夕阳里，柔软而刚毅，单薄而顽固，他用身体与沉重的生活对峙，无形之中教会了我凡事需要懂得隐忍和坚持。

父亲开垦的地盘一天天扩大，他像一方霸主，开疆拓土，为妻儿打下一片江山，获取栖息之地。那时候，我只有五岁。每天，我都来到开垦的地盘上，为父亲搬运小石头。我将石块抱到山腰，放在地上，用脚轻轻一踢，石头顺着陡峭的山体滚到了山脚下。父亲以自己愚公移山般的坚忍不拔，历经坎坷，一年后，终于在巴掌大的山腰建起了一栋标致的新房，坐北朝南，朝向"大小尖"。

寒冬腊月，冰雪覆盖村庄，群山白茫茫。在我垂髫之年，我们一家人搬离了桐家洲。我肩上扛着一把锄头，走在最前面，比我小两岁的弟弟，步履蹒跚、跌跌撞撞，跟在父母后头。我走一段、歇一程，望着走过的路，只见留下一个一个深深的脚印。随后，桐家洲的人陆陆续续外出务工，有的赚到钱在村庄建起了新房，有的在乡镇买了商品房，还有的离开了村庄在城市安家落户。桐家洲，只剩一栋破旧而孤寂的土坯房。

几年之后，桐家洲的土坯房在一个风雨交加的深夜砰然倒塌，我童年的记忆也跟随消失的房子一点一滴破碎。而立之年，我回到桐家洲，穿过茂密的荆棘，在杂草丛生中努力寻找童年的记忆，看着眼前的荒芜之地，再遥望远处重峦叠嶂的青山，我不禁泪光闪烁。

搬进村口山坡上新家后，母亲在厨房划开第一根火柴，点燃烟火，温暖了整个寒冬，也照亮了我们全家前进的道路。每天清晨，我一睁开眼睛，"大小尖"就像镶嵌在窗户上的一幅水墨山水画，美丽而精致，初升的太阳将柔和的光线轻轻洒落画中，温暖而充满希冀。

束发之年，当我走出村庄，无疑与这幅画有着千丝万缕的瓜葛。它让我看到了远方，以及充满无限希望的未来。

三

我们有属于自己的房子，才真正感觉有了家。房子，是我们的天和地，是我们的命根子，是我们的诗意和家园。

多少年后，当我离开老家熟悉的房子，奔跑在陌生的城市，和当年父亲一样，因为房子，常常让我陷入无尽的孤绝。房子，是卡在我喉咙的一根鱼刺，是压在我身体的一座大山。鱼刺，让我小心翼翼活着。大山，让我负重匍匐前行。

盛夏，骄阳似火，城市上空发出孤独的蝉鸣，它的声音焦灼而凄厉，像找不到归途的游子在呐喊。大学毕业后，我被迫搬出学生宿舍，行走在热火的太阳下，像一只迷失方向的蚂蚁，在大地东奔西跑、横冲直撞，拼命寻找自己藏身的蚁巢，但处处碰壁。我提着行李站在校园，环顾四周，无处可去，眼前茫然，一股热浪汹涌袭来，将我死死包裹。

我先是租住在一个十余平方米的柴火间，一张床、一盏灯、一把椅子和一张书桌。这是我搬离学生宿舍租住的第一个房子，每月租金一百五十元，尽管它是那么的狭窄、潮湿、晦暗，但它是我单独的庇护所，是我温馨的港湾。

房子十分矮，它基本和我的身高一样。房子没有窗户，只有一扇铁门，白天和黑夜我都紧闭铁门，将自己包裹在黑暗中，与世隔绝。房子外面是来来往往的行人，我羞于被人发现，整天躲在房间里不敢发出任何声音，连咳嗽都小心捂住。房子没有厕所，我只能到一千多米外的单位上大小便，三更半夜，我从出租屋向单位厕所奔跑。我一边拼命向前冲，一边咬紧牙关控制内急，好像用全身之力拉住一支即将离弦的箭，稍微放松，箭就会飞向远方。我单薄的身体就像盛满洪水的大坝，膨胀而挤压，濒临决堤。等我蹲在厕所，终于开闸泄洪，洪流一泻而下。

夜深人静，我行走在回柴火间的路上，看到一个老人在垃圾堆弯腰捡垃圾。我不禁想到父亲弯腰开垦建新房子的场景，他倔强的背影，像一束微弱的星火，在黑暗中给我光明。

我每天奔跑在城市，努力寻找生活的光明和希望。不过，微薄的工资对于高昂的房价永远是杯水车薪，现实将我推向黑暗的万丈深渊。几十万的首付，对我而言是一个天文数字，是一座连绵不绝的大山。走投无路的时候，我把希望寄托于廉价的彩票，我偷偷摸摸走进彩票店，将小小的彩票放在身上，怀揣着希望匆匆忙忙走出彩票店。我飞快地回到出租屋，坐在床上将彩票一张张刮开。我的手不停地颤抖，心也扑通扑通地跳，总预感自己可能要中大奖。可是，彩票铺满大半个床面，希望终究还是落空了。

房子，这座大山同样压在父母身上，不仅压弯他们的身体，还压垮了他们的尊严。为了给我凑首付，父亲低三下四向亲戚四处借钱。每次打电话借钱的时候，父亲都把声音压得特别低，他卑微得像一根柔弱的小草。

腊月，老家的旧房子异常热闹。为庆祝我在城市有了自己的新房子，父母坚持在老家办了一场风风光光的酒席。冬日暖阳，温暖的阳光洒满黄泥筑就的老房子。世界，都是金黄色的。厨房是通红的，灶台旺盛的火光爬上母亲喜悦的脸庞，照亮了荡漾在母亲脸上春天般的笑容。

这是我见过母亲一生中最灿烂的笑容。当年，母亲不惑之年，她走路铿锵有力，说话响亮，精神抖擞。我从未将死亡与母亲联系起来，没想到，十年之后，她竟然猝然离世。

虽然老家房子破旧不堪，但我在城市有了新房子，父母感觉扬眉吐气，走路挺直腰杆，说话提高嗓门。当我搬进新房后，沉默了大半辈子的父亲开始喜欢说话，他好像要把过去埋在肚子里的话都痛快地吐出来。他还喜欢吹牛，说话经常夸大其词。当年，我还是媒体一个小记者，父亲却把我说得天花乱坠，无所不能，全然忘记了借钱时的卑微。这一切，都是因为我在城市拥有了自己的房子。

农家子弟在城市购房，掏空的是几代人的身体。在城市有了自己的房子，似乎就从乡村抵达了城市，似乎就证明在城市扎根了，似乎才真正意义上在城市安身立命。

四

我和弟弟相继考上大学，并在城里安家落户。村庄的人把这些归结为我家房子风水好。父亲更是把自己选中村口山坡盖房子，作为一生最大的荣耀，他时常把自己看作是发明家牛顿，如同看到苹果落地，发现万有引力一样伟大。每当讲到此事时，父亲总是口若悬河，唾沫四溅，表情比吃了蜂蜜还甜美。

村庄的人都说我家是一块风水宝地，有些人就偷偷地把坟墓迁移到我家附近，原本郁郁葱葱的青山，被挖得东一块、西一块，像剥光了一层皮一样，满身伤痕累累。房前屋后，一些原来无人问津的坟墓，每年清明时节也开始有人上坟扫墓。

有一次，人家越过地界，要把坟墓建在我们家山地上，母亲死死把守，躺在地上，用弱小的身体挡住锄头。她气愤地跟对方说，除非我死在这里，要不然别想挖这里一锄头，就算我死在这里，我也要葬在这里。对方不得已，最终退了三米，把坟墓建在他自家山地。冥冥注定，母亲逝世后，遵照她的遗愿，就埋葬在了当年她自己守住的那一片江山。

在我家房子的正中央，有一根百年参天大树，枝繁叶茂，绿意盎然。村庄一户同姓人家清明扫墓发现这棵树挡住了他们家坟墓的视野，认为会影响"风水"，前些年悄悄地把树皮剥得精光。参天大树的叶子枯萎变黄，一片片掉落，树干由干枯走向腐烂。父亲找他们理论，这块山地国家是分给我们家，凭什么砍我山上的树。对方却强词夺理说，这棵树是他们祖先几百年前种下的，属于他们的树。

去年十一，母亲赶集坐摩托从车上摔下来，导致股骨骨折，术后她坚持回老家休养。母亲躺在病床整天以泪洗面，体质一天天虚弱，不料感冒发烧，之后引发严重的肝脓肿。年仅53岁的母亲，像屋后参天大树被剥了皮一样，与大地断了根，失去了生命的滋养。在重症监护室与病魔战斗四个月的日子，意识模糊的时候，母亲总是把左手往后指，嘴里不停地念叨树……清醒的时候，母亲泪水涟涟地对我说，树死了，我也活不了了。我死了好，挡住灾难，保佑你们。

也许，当看到屋后大树枯死的时候，一种暗疾就开始在母亲身体中悄无声息地生长，它比疾病本身更可怕，它在母亲身体深处爆发，占领她的精神世界。外伤并不可怕，它可以在时间流逝中慢慢愈合。可怕的是看不见的暗疾，它像一坛陈年老酒，时间越久，越加浓郁。母亲像一只断线的风筝，从老家的房子飘出，在混沌的天空迷失了方向，飘向不可预知的世界。

房子，住的是活人；坟墓，埋葬的是死者。坟墓，是人死后的房子，是我们每一个人的归宿。活着，就是走向坟墓的过程。我不相信，母亲猝然逝世是因为屋后参天大树的枯萎。但，我明白，房子装满复杂的人心，而坟墓埋葬的是单纯。嫉妒的贪婪的人心，是一条无形的毒蛇，在人的内心深处疯狂滋长。

清晨，我抱着母亲从老房子到新坟墓，我走在最前面。弟弟在旁边为母亲撑伞。我身后是混杂的哭泣声、鞭炮声和唢呐声。这些声音交织在一起，装满空旷的悲怆的村庄。到母亲的坟墓仅有五百米的路程，我每一步都小心翼翼走，脚步一点一点往前挪。我想慢一点，再慢一点。母亲落葬的时候，我跪在坟前，不禁哀声痛哭。

母亲下葬第三天，我带父亲进城。临走前，我们来到母亲坟前，眺望辽阔的苍穹，我看见远处两座挺拔的山峰依旧，近处的河水静静向前流淌。青山绿水，它们见证了父母相濡以沫的一生，也目睹了母亲一辈子的喜悦和疼痛。它们将继续陪伴我的母亲，青山映入母亲眼帘，绿水流进母亲心田。我相信，母亲一定不会孤独的。父亲坐在母亲坟墓前，他轻轻地对母亲说，这里有山有水，风景多好！你要把家看好，我会经常回来看你……

父亲为老房子锁门，我提着行李站在门口。老房子，经历短暂的热闹，跌入永远的沉静。我望着破旧的土坯房，物是人非，如梦初醒，一切都是真实的。母亲走了，父亲进城了，房子就没有了精气神。房子，没有了母亲，就失去了灵魂。老房子，一天天消失，我精神的故乡也一天天走向瓦解。

伯父为我们送行。我发动汽车，缓慢前行，伯父一边追赶，一边不停地对父亲说，逢年过节记得回来，不要把老家丢了。泪光中，我看见后排的父亲同样是凝噎垂泪。

我望着后视镜，伯父屡弱的身影和破旧的老房子慢慢远去，村庄也渐渐地远去，最后彻底消失了……

赣南的风水

一

桐家洲人终老的时候，最大的愿望是自己坟墓能够坐北朝南，面朝双奶峰。这必然是延续血脉最好的风水。我不信风水，但当我离开桐家洲，远离乡土，双奶峰却成为我永远挥之不去的背影。尽管之后我走遍大江南北，看过数不清的山川河流，秀美风光，但最让我魂牵梦绕的依然是故乡的双奶峰。

双奶峰，又名"大小尖"，位于将军县兴国县枫边乡境内，她们是赣南两座神奇秀美的山峰，恰似袒露天际的一对乳房。桐家洲人把她当作神灵来皈依，当作生命之源来崇拜。如母亲一样，她是神圣而高洁的。她忍受极端的疼痛，将甘甜的乳汁送到桐家洲人心田，这里的生命得以延续，血脉得以传承，一代又一代，万物生长，生生不息。

双奶峰是看着我长大的，犹如母亲抚养我的整个过程，艰辛而漫长，快乐而充实。我也是看着双奶峰成长的，每天清晨一睁开双眼，双奶峰就像镶嵌在窗户的一幅水墨山水画，美丽而精致，初升的太阳将柔和的光线轻轻洒落画中，温暖而充满希冀。

父亲唠叨大半辈子。这与他一个意外的发现有关，这是种了一辈子田地的父亲一生最大的荣耀。每当讲到此事时，父亲总是口若悬河，唾沫四溅，表情比吃了蜂蜜还甜美得多。二十五年前，一个普通而平静的晌午，父亲在桐家洲的一个山腰劳作，休息间，他不经意远眺前方：天空湛蓝，朵朵白云，近处是内敛而沉静的河流，远处是含蓄而奔放的双奶峰。那一刻，父亲感觉到自己极像一名诗人，拥有了一双发现美的眼睛。

次日，似懂半懂风水的父亲，硬是开始在山腰点点滴滴地开垦，他以自己愚公移山般的坚忍不拔，历经坎坷，数年后，终于在巴掌大的山腰建起了一栋标致的新房：视野开阔，坐北朝南，前有流水，后有靠山，面朝双奶峰。

作为大自然鬼斧神工的作品，双奶峰像诗歌一样美丽。云雾之中，她是一个情窦初开的害羞少女，将还未发育成熟的双乳包裹得严严实实，隐隐约约，若隐若现，给充满好奇的男人无限遐想；晴空万里，她是一个大胆而豪放的少妇，把硕大无比的双乳祖露天际，雪白丰满，毫无遮掩，性感得让人心惊肉跳，垂涎欲滴。

不过，在淳朴善良的桐家洲人眼里，双奶峰是母亲饱满而干瘪的乳房。这对乳房取之不尽，用之不竭，不仅哺育了桐家洲人的祖先，还将哺育这里的千秋万代；这对乳房隐忍了多少沧桑历史的伤痛和苦难，现在已经是饱经风霜，伤痕累累。

当我们一家搬进新建的客家土屋后，我开始明白为什么桐家洲人新盖房屋、修建坟墓都喜欢坐北朝南，面朝双奶峰。年幼的我时常站在家门口俯视川流不息的河流，仰望遥远神秘的双奶峰，一览众山小的感觉油然而生。我隐约感觉到一股大自然的巨大力量，它让我心旷神怡，豁然开朗。

十五岁前，在我还没有离开村庄的时候，我和所有的桐家洲人一样，每天远眺双奶峰，看着太阳从桐家洲升起落下，落下又升起，如此日复一日，年复一年。我们无比好奇生长在双奶峰山间的一草一木，飞禽走兽，想象着她勃勃生机的春天，青翠欲滴的夏天，色彩斑斓的秋天，皑皑白雪的冬天……

但是，好奇终究是好奇。自觉的桐家洲人从未登过双奶峰，不是因为遥不可及，也不是因为高不可攀，而是因为那是哺育自己的一对乳房，谁会将母亲的乳房踩在脚下呢？母亲的乳房是世界上最干净最纯洁的，它是儿女需要保护的，值得尊重的，用来敬畏的，容不得丝毫亵渎。

二

桐家洲人唯一接触双奶峰的方式，就是流经村庄的那条清澈见底、纯洁干净的河流，这条数千年从未断流的河流，是双奶峰流淌不息的血液。河流甚至没有一个属于自己的名字，我只知道她起源于茂林修竹的双奶峰，点点滴滴，汇集而成，她滋养了世世代代的桐家洲人，以及生长在这片土地上的作物与牲畜，还有依附在这片土地上的灵魂与乡愁。河流贯穿兴国县枫边乡的河溪、石印、社坪三个村庄，流入江西省的中部吉安市，取名富水河。

从双奶峰蜿蜒而来的河流，是坚韧而静谧的，就像双奶峰骨子里具有的含蓄与沉着；她又是激情而奔放的，就像双奶峰本质上具有的刚毅与强大。一方水土，养育一方人。宛如世外桃源的桐家洲，是客家人聚居的圣地，绿树村边合，青山郭外斜，人们在双奶峰的哺育和见证下，勤劳耕作，和睦相处，繁衍生息。双奶峰哺育的桐家洲人，和这里的河流一样，一尘不染，淳朴善良，坚强不息。

我的故乡桐家洲仿若竹管似的洞，她是兴国北部一条崎岖而险峻的峡谷长廊，这里堪称"兴国丝绸之路"，是古代兴国商贾、脚客往返庐陵的重要通道，光滑的石板路和马蹄窝，依稀可见这里古代商旅云集穿行的繁忙景象。

八百多年前的南宋，一个阳光明媚的春天，微风习习，绿树婆娑。庐陵欧阳修后裔欧阳谓，逆行于"兴国丝绸之路"的峡谷长廊，寻找富水河的源头。他在竹管洞的山阳寨被眼前的美景吸引，望着峰峦叠翠、群山环抱、碧水环绕的景色，毫不犹豫地带着家人迁徙至此，开基创业。

山阳寨人秉承"理学名家"的荣耀，繁衍生息。青砖黛瓦、飞檐翘角的恩荣堂见证了山阳寨昔日的辉煌；古朴雅典、传统典型的客家民居诠释了山阳寨人唯读唯耕、忠孝传家的传统。1931年，热情好客的山阳寨人迎来了红军医院驻扎，当时家家户户收养伤病员，全寨一百余人，就有二十多名男青年踊跃参军参战。

桐家洲所有的故事似乎都与双奶峰恩赐的这条无名的河流有关。春播夏种从河引水，洗衣做饭从河挑水，梳妆打扮从河端水……就连劳作一天的耕牛，每天途经河流时，都忍不住喝上几口甘甜的河水，滋润干涸的喉咙，冲洗身体的劳累和灵魂的污垢。

当然，一贯沉静的背后往往蕴含着突如其来的爆发，甚至是无情的灾难。安静的桐家洲，每年春夏之交总会河流暴涨，犹如野兽般的洪水，凶猛而无情，接踵而至的是房屋倒塌，庄稼被淹，道路被阻，牲畜冲走，有的村民甚至不幸罹难。双奶峰的乳水来得太急太凶，猝不及防，让桐家洲人手忙脚乱，不知所措，就像出生不久的婴儿吮吸母乳一样，急促的乳水呛得哇哇大哭，难受至极。这是桐家洲人万万没有想到的，也是不敢相信的。

实际上，双奶峰要告诉桐家洲：人生不可能事事顺心，生活也从来不会一帆风顺。黄河又何尝不是呢？历史上，多少次河水暴涨，顷刻决口，后果是洪水所到之处无不生灵涂炭，一片狼藉。惊涛拍岸的黄河，她既哺育了中华民族，又磨炼了中华儿女。双奶峰不仅养育桐家洲，更锻造生活在这片土地的子女含蓄内敛、脚踏实地、顽强坚韧的品性。

三

富水河，从双奶峰而来，纳百溪之水，流经青原区富田镇而得名，一路向前，朝西北方向与赣江靠拢，经新圩镇，到享誉海内外的千年古村渼陂，再到青原、吉水、泰和三县通衢的商业集市值夏镇，与吉水孤河合流，最终在富滩镇张家渡缓缓汇入江西的母亲河——赣江。

富水河畔的人们，既有水一样的柔情，更有铁一般的刚毅。两岸的百姓都说，富水河的水是岩浆水，常喝的人骨头会变得特别硬朗。九百多年前，在富水河畔的芗城（现值夏镇），饮着富水河长大的胡铨，一生募兵护城、戊午上书、破冰退敌，被誉为"脖子最硬的人"。历史前进一百三十年，同样是在富水河畔，民族英雄文天祥呱呱落地。靠着喝富水河甘甜的河水，文天祥体貌丰伟，美皙如玉，顾盼烨然，更让他血液里流淌着"人生自古谁无死，留取丹心照汗青"的浩然正气。

白云滚滚，波翻浪涌。历史到了上世纪二三十年代，富水河畔上演了一段段荡气回肠的红色故事。东固，一个神奇的地方，与天下第一山井冈山遥相辉映，被陈毅元帅誉为"东井冈"。红四军被敌军围追堵截，粮弹缺乏，生死存亡的关键时刻，他们在这里得到休整补充。富水河见证了苏区干部好作风的军民鱼水情，见证了飞将军黄公略在六渡坳不幸牺牲的悲壮。清澈见底的富水河，流淌了革命鲜红的血液，1935年春，敌人清剿东固，数千名革命者和老百姓惨遭杀害，一时血流成河。

从东固北去，富水河两岸处处经受了血与火的战争洗礼。富田的赣西南特委第一次党代会旧址、中国工农红军学校旧址，渼陂的二七会议旧址，随处可见的红军标语，回归了当年艰苦卓绝的革命年代。

在庐陵文化第一村——渼陂古村，毛泽东将"万里风云三尺剑，一庭花草半床书"的对联书写在了中南海的卧室。美丽的渼陂，山抱水环，天然形胜，富水河将村庄28口水塘如珍珠项链似的串联环绕，口口相通，望着富水北流，也就不再奇怪，为什么这里竟然出了四位共和国将军。

当我离开桐家洲，远离双奶峰，在城市遇到黑暗与痛苦，虚伪与勾结，肮脏与丑陋，我不得不想到的，还是那对给予我无穷力量的乳房。我似乎时常回到婴儿时代，唯有母乳可以化解我身体无限的饥饿和内心无形的恐惧。双奶峰，她是消除我内心深处疼痛一剂弥足珍贵的良药；双奶峰，她是照亮我不断前行最光明的源源不断的不竭动力。

双奶峰是属于桐家洲的，也是属于巍巍赣南的，更是属于泱泱中华的。无论我走多远，离开乡土多长时间，我流淌的永远是双奶峰哺育的血脉。

试想，在广袤的中华大地，还有多少像双奶峰一样默默无闻的崇山峻岭，无私地榨干自己身体全部的血液，汇聚成奔流不息的浩瀚黄河与长江，从而延续了炎黄子孙的血脉，铸就了中华民族悠久的历史和灿烂的文化。

第三辑

向善之美

消逝的童年

一、小人书

我把自己的童年回归到一本又一本小人书。贫瘠的乡土，寒冬残夜，一盏煤油灯陪伴我度过，小人书让我的梦想照进现实。

我孩时对知识的如饥似渴，犹如父母耕作田间对温饱的渴望。小人书是一扇门，这扇门可以通往色彩缤纷的另一个世界，跨过年少的懵懂无知，揣着遥不可及的梦想，拥有属于自己的秘密。

我还没上学的时候，就开始接触小人书，开始一字不识，纯属睁大眼睛看图画明意。渐渐地，我开始认识一些简单的汉字，半猜半读的，直到识得的字一天天多了起来。当年的小人书主要为明清小说的故事，很多取材《西游记》《水浒传》《三国演义》等名著里面的经典，还有就是抗战时期的红色故事。

给我印象最深刻的一本是叫《小英雄雨来》的小人书。书的封面是主人公雨来，他仰望远方，背着枪，手拿刀，腰间还别着一枚手榴弹。这是一个抗日战争时期的故事。儿童团员雨来机智勇敢，他为了掩护交通员李大叔，不幸被敌人抓住。但他不怕敌人威逼利诱，机智地跳到了河里逃脱了。后来，他把敌人引入雷区，配合民兵叔叔把敌人消灭了。记忆犹新的英雄故事还有《地雷战》《小兵张嘎》《一支驳壳枪》等等。我守着这些英勇无畏、不怕牺牲的主人公，心里生长出一个个少年的英雄梦。沿着这些梦想，我一一寻找。

可事实上，小的时候我要得来一本小人书是一件极其不容易的事。北村王大叔有一箱子的小人书，这是村子里谁都知道的事实，可王大叔出了名的吝啬，宁可让书沉在箱子底生虫腐烂，也不舍得拿出来给孩子们看看。有几回"双抢"的时候，我拼死卖命在地里帮他传了一天稻穗（过去，村里用打谷机打谷子，需要一个人传割好的稻苗给打谷子的人，这种活一般是小孩包揽），最终要了几本《水浒》的小人书。可没读半天就完了。我读《水浒》之鲁智深，讲鲁智深到铁匠铺子，和铁匠讲定给他打一条62斤重的混铁水磨禅杖，和一把戒刀。可王大叔给我的小人书到这就掉页了。下回故事如何，我很想知道。几次，我灵机一动，从王大叔的大门右下角的"狗洞"钻进他家窃书。身子刚探下去，王大叔家的狗从背后冲了过来。我赤脚撒腿就跑。书没到手，一双新买的凉鞋丢了一只，最终落得打了几个月的赤脚上学。

我喜欢阅读小人书带来的快感，和对小人书精彩故事的期待。我通过各种方式想方设法得到小人书，比如借、交换、付出劳动是常有的手段。在乡间田野，在山间小溪，在绵绵山坡，春插挑秧苗的时候我偷空看上几页小人书，一手牵着耕牛，另一只手也免不了翻阅几页小人书。我趴在满眼绿色的春天，坐在凉爽十足的夏天，站在满地落叶的秋天，踏着一地皑皑白雪的冬天。阅读，伴随春天的万物萌动，夏蝉的声声鸣叫，秋叶的落英缤纷，冬雪的徐徐飘落，还有我渴望成长的心，以及越陷越深的阅读欲望。深夜阅读是多美妙的一件事：万籁俱寂，唯独夜灯一枚燃烧的火焰，和渴望阅读或激动或滚烫或兴奋的心同一个世界。当然，因故事的凄美，内心抑或深感失落、遗憾，愤怒不平或者悲伤不已。

后来，我离开村子，到县城读高中，我不断地阅读文学名著，将精彩的句子和片段用专门的笔记本摘录下来。读大学，我选择了自己喜欢的中文系，我的写作能力在学校崭露头角。短短的几年时间里，我在国内各重要刊物发表文学作品数百篇。大学毕业后，我又因发表了大量文章，顺利进入了媒体工作，做自己喜欢做的事。

我离开了村庄多年，却一直保持着阅读的习惯。我还是当年好书如命的我，我离不开小人书。我走不出小人书给我的世界……

二、挑水

前些日子，我翻阅了几本唐诗，偶然读到诗人聂绀弩的《挑水》，读到"这头高便那头低，片木能平桶面漪"一句时，内心顿时就油然升起一种按捺不住的触动，当我读到最后一句"任重途修坡又陡，鹧鸪偏向井边啼"时，已经是热泪盈眶。我的记忆和水有着不解之缘，确切地说是与挑水有永恒的瓜葛。

"古者穿地取水，以瓶引汲，谓之为井。"井在乡村到处可见，一般是三五家共一口井，井口多为圆形，井壁由石块砌成，井水清澈见底，味道甘甜可口。但挑水却是一项艰辛的家务，是重活，一般由大人完成。

我第一次尝试挑水是在一个血色的黄昏，父母还在地里忙着收割稻子。放学回家的我习惯地生火烧水喂牲口，但打开水缸却是空空的，于是我拿起担水钩就挑起了水来。当时我挑的水只有半桶而已，当担水钩压在我肩膀上时，我的双脚便不断地颤抖着，有种要跪下的感觉，我走一阵，停下来歇歇，再走，期间歇息了十来次，汗水从头顶一直流到了脚底。不过，那晚我却受到母亲的责备，原因是我正处发育期，挑重了，个子长不起来——矮个子娶老婆人家会嫌弃。我瞒着母亲说，自己只挑了几勺，挑得轻松自如，没有半点儿累，母亲这才放心。说这话时，我浑身正痛着，肩膀红肿了一大块。那年我七岁，个子矮小，理所当然不是挑水的年龄，再说我家挑水要上几百米的坡，就更不适合了。

我真正承担挑水的任务是三年后，那年父亲到外地去了，家里只留下母亲、我和小我几岁的弟弟，母亲常年患病，沾不得水，担不了重东西，弟弟还小，所以，挑水的重任自然就落在了我的身上。那年，还在村小读二年级的我提前拿起挂在厨房墙壁上那根陈旧的担水钩，这似乎是一种成年的仪式，成年的标志，从此就意味着我必须担起生活的重任，虽然那年我才仅仅十岁。

此后，每天早晨我刚从床上起来第一件事就是挑水，下午放学回家，首要任务也是挑水。沉重的担水钩压在我脆弱的肩膀上显然是过于勉强，甚至是残酷的。当弯腰担起水后，我单薄的身体有一种被挤压得超乎我年龄所能承受的疼痛。我费了很大的力气才站起来，随后艰难地迈出了第一步。

十年后，当我不经意回忆起那短暂而又漫长的一步，心里总会有一种莫名的感触，想必那一刻我就真正踏上了人生的旅途。既然上路了，我就得继续。生活由不得我。

挑水是重活还十分讲究技巧，没有挑习惯的话，走起路来跌跌撞撞的，两只水桶摇摆不定。我开始挑水那些年，个子矮，担水钩要绾几个扣，这样水桶才不至于碰着地。每挑一担水，我都得屏着气，咬着牙，弓着腰，两手紧紧地拽住两只水桶，小心翼翼地登着阶梯似的坡，我不但要向上走，还要使两只桶保持平衡，不让水从桶中晃出，左肩挑累了就将担水钩转到右肩，右肩挑累了就将担水钩转回左肩，如此循环。这是身体的苦役，亦是精神的折磨。我打心底用脚步度量着井与家的距离，度量着自己与幸福的差距。几次，当我满头汗水掉落在大地，泪水也不自觉从眼眶流出，虽然我明白这一生我必须担起生活的重任，哪怕是举步维艰，哪怕是寸步难行，我都得咬紧牙关坚持到底。但我终究将泪水落下，融入土地。

直到17岁那年，我离开村庄到县城读高中才结束挑水的历史，其间整整八年时间，每天至少得挑四担水，500米的海拔，八年相当于登了600多次珠穆朗玛峰的高度。

这些年，我行走在人生的途中，遇到过这样那样的挫折，我都咬紧牙挺过去了，这无疑和少年那段挑水的日子有关。生活在继续，人生跌跌撞撞又未尝没有！不经意间，我会怀着感激的心怀念起挑水的日子，那是一段艰苦的岁月，苦得钻心，苦在全身上下，苦在身体与精神的双重折磨。但对于生命来说，苦又未尝不可呢！我们的生命需要苦，苦是我们生命酿出甘甜的原料，是生命绽放幸福火花的前奏。

三、春蚕

乡村的童年，养蚕无疑是一件十分开心的事。春天，我用干净的火柴盒把自己心爱的、小小的春蚕怀揣在牛皮书包里，于是心底就隐藏了一个巨大的秘密。贫乏的乡村童年生活因此变得充满期待。

寒冬已过，春天一眨眼就来了，春回大地，万物生机，处处暖意浓浓。这时，我习惯用一小块棉块把蚕蛋放在胸前，靠着自己的体温小心翼翼孵着。没过几天，细小而黝黑的蚕宝宝从卵中孵化出来了，一个个小小的生命来到了世界。我为此感到十分惊奇。

我把小蚕放在小的火柴盒里养。羸弱的小蚕开始吃得并不多，时而吃吃，时而停停，把头翘得老高。有时候，它们也会躲在桑叶下面，显得有些羞涩。桑叶不用愁，我家院子里就有一颗硕大的桑树，每到春暖花开的时候，桑树就会抽出嫩绿的叶子，密密麻麻的嫩叶，枝繁叶茂，郁郁葱葱。

每天清晨，我都会把装有小蚕的火柴盒放入书包，和自己一起上学去。上课的时候，趁老师不注意偷偷地拿出来瞧一瞧。可是，有时还是被老师发现了，我最终免不了罚站。

不知不觉，小蚕突然长大了，一天天长得结实起来。它们开始大口大口吃桑叶了，一会儿的工夫桑叶就吃得精光。这个时候我也要换大的火柴盒了。

不幸的是，就在蚕慢慢长大的时候，它们突然生病了。它们躲在火柴盒里一动不动，不吃桑叶。我开始不知道原因，瞎着急。第二天，我发现蚕拉稀。原来，我给蚕喂的桑叶沾了水。因为这次失误，我养的蚕死去了一大半。我为它们短暂的生命而惋惜。

我更加珍惜剩余的春蚕。没过多久，我养的蚕就有小拇指一样大了，胖乎乎的春蚕浑身雪白，吃得多了，走得也快。一天，一大早我起来，打开火柴盒，不料，我发现几只蚕开始织蚕茧了，我高兴地跳了起来，仔细地打量自己一手带大的蚕，只见它们不停地吐出蚕丝，小心翼翼地把自己包裹起来，开始还是薄薄的蚕丝，紧接着越来越厚。次日，蚕竟然织出了一个漂亮的茧，椭圆的茧雪白雪白的。我隐隐约约看到蚕茧安静地睡在了里面，心里说不出地高兴。

一个接一个，没过几天所有的蚕都结成了茧子，就像一个个鸟蛋安静地躺在了火柴盒里。十多天我没有去理会这些蚕茧。一日，我打开火柴盒竟然发现从茧子里面钻出了一只只小巧的白色的蚕蛾，跟蝴蝶差不多，两只翅膀扇来扇去。

这些可爱的蚕蛾要生蛋了。于是，我急忙把自己用过的练习本撕下。蛾很听话的把卵生在了我准备好的纸上，一排排小黑点的蚕卵密密麻麻。

生完蛋的蛾不久结束了自己的生命。我望着火柴盒一堆死去的蚕蛾，心中无限悲凉。

我找来一把铲子，在院子里的桑树下，挖了一个小坑，把躺在火柴盒里的春蚕埋下，祈祷它们来年重生。

赤脚奔跑在城市

一

城市待久了，我常常想起小时候赤脚奔跑在村庄的日子。

想着想着，我就感觉自己是一个有根的孩子。

谷雨时节，春雷惊乍。颗粒大的雨点说来就来，噼里啪啦地打在田野的水面上。父亲冒雨在水田播种。母亲被突如其来的春水急坏了。我拿起斗笠，拼命地往水里跑去。等我把斗笠交给父亲时，他看我赤着脚，责怪我。我说，赤脚跑得快。父亲满脸是高兴。

镇上念中学的时候，同村的一群孩子周末放假回家。大家背着沉重的书包，翻山越岭，过了一座又一座山。我年龄小，为了不掉队，同伙又吓唬，后面来鬼了！于是，我脱掉鞋子连走带跑。

还记得一次，血色的黄昏，在放学回家的路上，我们走得筋疲力尽、腿脚酸痛时，突然遇见前面马路半坡停了一辆农用车。司机说，小屁孩帮忙推一把，上坡了带你们回家。可最终，司机却开着车甩屁股走了，我们一路死命地追，赶不上，脱去鞋子追，还是让他跑了。

偷吃邻家的水果被发现了，立马树上跳下来，急着逃跑，连鞋也顾不上穿；吃饭的时候，不小心打碎了一个碗，母亲准备用筷子头打过来的时候，赤脚就往门外跑去，免了挨打；村子里遇见一条咬人的疯狗，赤脚拔腿就跑，逃过一劫……

当然，这都是趣闻。但，孩子的世界，往往是最真实的世界。赤脚。奔跑。因为奔跑，所以赤脚。因为赤脚，所以奔跑。

我喜欢赤脚，源于习惯。习惯成自然，一点都没错。我在村庄的日子，穿鞋的日子，相对赤脚的日子要少。赤脚，与我而言，在乡下是常态。

春暖花开的时候，瘦小的河水长了，荒凉的田野热闹了，群山披上了绿装。我喜欢故乡的春天，习惯赤脚行走在故乡的春天。温存的河流，绿色的田野，生机的山坡，或放下脚步缓慢行走，或加快步子迅速奔跑，哪怕是踩在田野，站在原地不动也是好的。

春天的乡村，赤脚接触自然，是故乡般的呼唤，是母亲般的依恋，是乡的气息，家的感觉。

初夏，微风细雨洗礼大地，"接天莲叶无穷碧，映日荷花别样红"。午阴清处鸣叫的夏蝉，湖边倒映的垂柳；蓝的天，白的云。赤脚行走在初夏，碧湖旁摘一朵才露尖尖角的小荷，采到的是整个夏天。

炎炎夏日，理应是赤脚的最佳时机。或手提凉鞋，赤脚经过一条河，踩在河底长满青苔的石块上，兴许摔上一跤，惊吓的是水里的鱼儿；或脱鞋于田埂，穿过一渠田，拔除掺杂在稻田里的杂草。

秋收的日子。弯腰收割的少女笑开了花，踏着打谷机的小伙子喜上眉梢，淹没在金灿灿里的我，也理应是茫茫稻海里的一朵浪花。赤脚站在地里收割的我，手持镰刀，欢快地收割。村民时而伸腰吆喝了一句，风不知道从哪里冒了出来，一下子在村子中央掀起了一股浪潮，浪花朵朵，颇为壮观。

我怀念村庄的秋天，赤脚在地里收割，赢得了一年的收获。

一个赤脚的孩子，奔跑在田野，穿过河流，踩在山坡。理所当然，不知道，城市这个遥远的概念。"城市"，于乡村的孩子而言，犹如早晨东方冉冉而升的旭日，夜色当空那轮弯弯的月牙。存在。但可望而不可即。

一辆汽车在田野中央的道路上飞速奔跑，卷起尘土飞扬；一架飞机在天空轰隆作响飞翔，留下一条清晰的痕迹。村庄的孩子们都会停下手头的事，看个究竟。屋子里吃饭的孩子，放下碗筷跑到门口；田野追赶的孩子，停住奔跑的脚步；干活的孩子，放下手头的家务；教室里念书的孩子，也心不在焉，老师干脆停止讲课，允许学生到外面看看。

对乡村的孩子而言，还有什么比看汽车，看飞机重要呢？即便是过了半天，我们还议论纷纷，说个没完。

当然，我就是那群孩子中的一个。赤脚的孩子。

我喜欢乡村的一切，我没想过有一天自己会到城里来，或者想过，又感觉实现不了，想想而已。

你要知道，从我们村庄出发，到镇上得走两个小时的山路，镇上到县城得坐两个半小时班车，县城到省城得坐三个半小时的火车。就路程来说，就让我这个赤脚的农村娃够走几天几夜。

但，"城市"这个概念已悄无声息地融入了我年幼的心灵，根深蒂固地。

二

我离开乡村，来到城市，不能不说起我的父亲。他的乳名叫财（才）勤，是钱财的财，还是才华的才，我无从而知。

但他是勤劳的，就像一头耕牛。

现在，我日夜奔波在城市，为生活，为命运。我会时常想起如今在乡下的父亲，一想到就有一种针刺的感觉。父亲为了我能够抵达城市，摊上了自己的一辈子。

1979年。炎夏。

正值江南一季早稻的收割时节。改革开放的潮流波及中国大江南北，中央提出包产到户。祖父分到了几块较好的土地，显得格外兴奋，但马上又忧心忡忡。卧病数年的祖母已逝，大女儿远嫁他乡，剩下一群孩子七八张嘴简直是一个无底洞，只能喝西北风。

为此，祖父专程去了一趟县城，把正在上课的父亲叫了出去，沉默了一辈子的祖父话不多，直奔主题跟父亲讲，家里种地人手不够，书别念了。父亲还没来得及跟老师和同学道别，就与祖父一起踏上了回家的路。一路上父子俩沉默不语，只是祖父的草鞋在穿过树林时踩在落叶上，总会不断地发出"沙沙"的响声，父亲挑着沉重行李的扁担，两头一上一下不时地发出"嘎嘎"声。

那年，父亲丢下陪伴自己多年的绣有雷锋头像的牛皮书包，久久地伫立于乡间田埂，热泪不禁夺眶而出，经过复杂而激烈的思想斗争后，最终还是顶着灼人的烈日，硬着头皮融入日出而作、日落而息的生活中。"穷人的孩子早当家"，命运让父亲提前当上了名副其实的农民，并成为家里的主要劳动力，紧接而来便是结婚生子。

时隔30余年，父亲偶尔会提及自己的学生时代和那次突如其来的辍学，从父亲的表情和言语中我看得出，当年的父亲是意气风发、踌躇满志的。和所有的年轻人一样，父亲也有远大的理想，渴望靠读书出人头地，梦想用知识改变自己的命运。

1998年。夏末。

连续降雨，百年不遇的洪水突如其来。那年，我12岁，却足以读懂家庭的拮据，贫穷犹如咄咄逼人的洪水，逼得父亲无处可逃，狼狈不堪。每天，身体羸弱的母亲都打早起来，在米缸里量出两升米入锅，整个过程小心翼翼的，生怕丢弃半粒米。直到有一天，母亲蹲在米缸前半晌也没有量出半升米，她丢下米升坐在床前哭了起来。

贫穷是什么滋味，没饭吃是什么感觉？母亲应该最清楚！

我念小学三年级的时候。村小来了个城里的插班女生，个子老高，皮肤洁白，衣着整洁，一口普通话听起来十分甜美。以至，我们乡下的孩子一下课就围着她打转。她的突如其来，动摇了我一直以来班级成绩第一的位置。所以，我既渴望接触她，打心底也决心在学习成绩上跟她较个高低。

终于，学校组织数学模拟竞赛，结果我以满分被推荐到县城决赛，这对于我乃至整个村子来说显然是件大事，以至在整个村子轰动一时。最重要的是，我考过了那城里来的孩子。女孩子在我的课本上，写下了她的名字。从此，我认为她就是一座城市，我的城。

当年，我还只是个整天挂着鼻涕的小学生。

其实，我的成绩在学校里一直遥遥领先，起先父亲并没有意识到。直到，村小唯一的代课老师亲自跑到我家，怀着十足的把握对我父亲说："这孩子读得出去。"老师的话虽然简明扼要，却意味深远。父亲听后当然是激动的，"读得出去"最直接的意思就是说，自己的孩子可以通过读书改变命运，走出祖祖辈辈生活的穷山沟。

当了一辈子农民的祖父在一旁听着，数了数祖坟，算了算风水，半信半疑。而父亲似乎看到了当年的自己。家里几亩地养家糊口可以，但要送出两个大学生天方夜谭。父亲决定出外打工，母亲执意要一起去，父亲不同意。原因是母亲从小有胃病，痛到极处，她时常躺在床上翻来覆去，不断呻吟，双手捂住肚子，嘴里不停地打饱嗝。他们吵了起来，到了摔破碗筷的地步。父亲妥协了。

第二年，春节刚过，父母就拾起行囊，到外地打工去了。十五年前，母亲第一次外出的前一天夜晚，胃疼了一宿，压根儿就没睡着。清早，母亲左肩挎着大包，右手提着小包，含泪离乡。年还没过完的村庄，炮仗声噼里啪啦地断断续续响起，我和弟弟一路跟着父母，弟弟不听话，死也不愿意父母离开，最后索性在村子的黄泥巴路上打起滚来，被外婆强行抱回家。

我跟在母亲的屁股后面，走几步她就转过头来看看我。母亲说，回去吧！但我还是走了几百米。母亲又转过头来说，回去吧！她开始有些哽咽了。我又送了父母一里多远，母亲转过头来说，回去吧！她哭出声来。我站着不动，母亲转头跟在父亲后面。我含泪望着母亲远去的背影，越来越远。

父亲和母亲每年春节一般都会回家，偶尔几年没买到火车票，留在外地过年。父母回家过年，在家住不了一个礼拜，又捡起行李匆忙出外。每年，我和弟弟都少不了送父母一程，乡间小道上，母亲跟在父亲屁股后面，我跟在母亲屁股后面，弟弟跟在我的屁股后面，排成了一个规则的"一"字。母亲一路叫我们回去，回去吧！但我们每次也要走上个四五里路，而后，看着父母渐渐远去的背影。

从小学到初中，再到高中、大学；从农村娃到大学生，再到留在城市工作。十多年来，我们兄弟俩在父母的背影中一年又一年成长。

我的父亲，一个老实巴交的农民，初中文化。我的母亲，一个病恹恹的农妇，目不识丁。为了儿子，他们去过浙江的义乌、广东的东莞、福建的福州，当然还有北京、上海、天津等大城市。在城里的日子，他们睡过大街，他们下过矿井，他们被人骂过，他们挨过人家打，他们沮丧过，他们流泪过。现在，他们老了，硬撑着也吃不消在外务工的生活。他们回到了乡下，种起了荒弃多年贫瘠的几亩地。

他们刚离开了城市，回到了村庄。我离开村庄，来到城市。他们任务完成了，在城里苦苦煎熬了十多年，供我读小学，读中学，读大学。他们还自豪地对父老乡亲们说，我儿子有出息，在城市有一份体面的工作。

同样是在城市。过去，我的父母是打工，现在，我是工作。

三

我上班要经过一条叫作赣江的江。公交车经过赣江时，我时常把头伸出车窗外。我望着由南而来的滔滔赣水，想起源头的故乡。只可惜，曾经赤脚奔跑在村庄的孩子长大了，就像赣江的水，一去不复返。

"雷家村"，我暂时居住的地方，一个城乡接合部。我先后租住了三个住所，换来换去，无非是花心思在"钱"字上。城市在一天天变大，我住的地方也跟着逐渐远离城市中心。

我很喜欢"雷家村"这个地名。"雷——家——村"听起来，念起来，都有家的感觉，村庄的味道。

京九线穿过了雷家村。一开窗，我一眼即可看到经过的火车，闭着眼睛在屋子里也感觉得到，行进的火车是往南还是往北。开始，嘈杂的火车弄得我整夜无法入睡。后来，我想象着自己睡在赶着回家的列车上，一次抵达故土的行走，于是从梦乡启程。渐渐地，我入睡竟然离不开火车的嘈杂声。

每天，我打早从雷家村出来。奔跑，为了赶一趟公交车，投币一元。乘车20分钟，步行5分钟，到达自己的单位。奔跑。我依然喜欢奔跑。为了赶一趟公交车，一列火车，一次航班，我跑得飞快，敏捷得宛若小鹿似的。

我开始不习惯城市的生活。几年后，我依然也不太习惯城市的生活。城市，人太多了，车辆太多了，高楼大厦太多了。我不习惯坐在马桶上如厕。我从巴掌大的乡下来到陌生的城市，第一次使用马桶，即便当时腹胀如鸣，可坐在马桶上等了半天也没有拉出来，憋得身体难受，心里也发慌。

我只知道，轿车是四只轮子的，黑色偏多，少数白色、红色、银色、绿色等。至于品牌、价格、性能、质量，我一概不知。人家一看车就脱口而出，国产的还是进口的，是宝马，还是奔驰，是奥迪，还是本田，是现代，还是大众，还有什么法拉利、保时捷、奥兹莫比尔、雪佛兰、西亚特、马自达等等，乱七八糟一大堆。我接触的人几乎见面就谈轿车，车型、变速箱、排量、油耗、底盘，滔滔不绝，我却不知所云。我安慰自己：车，暂时与我无关，不是我不知道，只是我不想知道。

我不懂城里的人情世故。请客送礼，到什么档次的宾馆，送多少价值的礼物，这些我都把握不准。就像季羡林老人在《那提心吊胆的一年》中提到：怎样送给人家呢？怎样请人家呢？如果只说："这是礼物，我要送给你。"或者"我要请你吃饭"。虽然也难免心跳脸红，但我自问还干得了。

但凡事又只是吃饭送礼那么简单吗？只怪我自己情商太低。

在村庄，逢年过节亲戚朋友聚一聚，叫上祖父祖母、外公外婆，叫上亲戚朋友、左邻右舍，大大小小、老老少少围坐在一起，随意喝点酒，能喝多少就多少。喝酒，不带任何目的，单纯为感情。

过去，我滴酒不沾，到现在我一斤白酒下去没有问题。"酒量是练出来的。"这句话成为我至信的名言。我不喜欢饭局，不喜欢喝酒，甚至到了憎恨的地步。

我不能改变城市，只有城市改变我。

觥筹交错，灯红酒绿，赴酒席，我不再是一个傻孩子了。我开始学会敬酒，领导喝一指，我干一杯。大家鼓掌叫好，我又敬大家一杯。我单独一一敬，我一杯又一杯，一杯再一杯。我感觉自己成了酒席的一分子，一个城里人，真正的城里人。我泪眼汪汪，端着酒杯，模糊地看到席间个个喝得翻天覆地，醉生梦死的。

酒席散了，我晃悠悠地走在街上，穿过十字路口，来到公交站台。一路上，我吐个不停，大家都看着我。我开始满口胡言，狗日子的城市。我骂这座城市、城市的行人、来往的车辆，我骂有关城市的一切，包括我自己。

我什么时候也变成了一个十足的酒鬼？

我醉醺醺地走着，双脚踩在城市中，走着走着，一下子就热泪盈眶。儿时，我做梦都向往城市，高楼大厦，车水马龙，哪个不是美好的东西。现在，我依然承认城市是美好的。只是，我的根在乡下。

赤脚奔跑在村庄，踩在大地的自然，芳香的泥土，我的世界中。可谁要是赤脚奔跑在城市，走在十字路口、步行街、商场、公园，准会被人指着说，"你看这个疯子。"

赤脚，在乡村是常态。到了城市，就是变态了。

我每天上班下班，从一栋高楼抵达另一栋高楼，从一个十字路口穿过另一个十字路口，从一条街抵达另一条街。我老感觉，大家都把目光聚焦于我，因为我的一举一动都与这个城市格格不入。

我西装革履，穿着亮堂的皮鞋奔跑在城市，就像一个赤脚农夫奔跑在城市。

我梦见自己赤脚在村庄的日子，奔跑在一望无际的田野，赤脚穿过清澈见底的河流，赤脚踩在盛开花朵的漫山遍野，赤脚在放学回家的每一个黄昏。

哦，原来，我也是一个有家的孩子！

享受不持有的生活

大学毕业不到两年，我先后换了四个住处，住的时间短的不到一个月，久的也不过半年。折腾来折腾去，无非就是房租过贵，房子太差。时不时搬家，既费时又费力。

第一次搬家是大学毕业，随身的东西寥寥无几，多半是书籍，剩余的就是衣服了。说是搬家，叫了一辆的士，一趟就完成了。

时隔一年后，我第三次搬家，情况就完全不一样了。下定主意换地方住，几天前，我就开始整理东西，翻箱倒柜，忙乎了一整天才总算把大件、小件，零零碎碎的东西打包整理好。大包小包往客厅放，竟然占据了大半个客厅。一年下来，自己的东西就变得这么多，连自己也不敢相信。这次搬家，我请来搬家公司，师傅们上楼下楼，忙了半天。接下来，我又得把打包好的东西，一件件拆开，该洗的洗，该晒的晒，该放哪放哪，又整整花了一个周末。

我住的地方离单位太远加上房租过贵。最近，我又下定决心再换一个地方住。有了上次搬家累得要命的经历，再者，最近受金子由纪子《不持有的生活》一书的影响，我开始对搬家进行"瘦身计划"，享受一种简朴的生活。不留恋的物品，不持有；和自己或自己的生活风格不符的物品，不持有；不储存，学会丢弃。

我开始整理自己一屋子的东西。首先是书籍。大学念的教材，毫无作用的清理，可有可无的清理，以后可能时不时用的清理，剩下以后常用的留着，不到五本。文学书籍和杂志报纸，阅读过的不需保留的清理，阅读过或者没有阅读过自己不喜欢的清理，没翻阅过不想再阅读的清理，同一作者不同版本稍逊色的清理。留下值得带走的只有三分之一。

再就是衣物了。学生时代的衣服除有特别留念意义的清理，太旧的、不合身的、不合意的统统清理。破旧的二手台式电脑清理，破旧的电脑桌清理，大学时代的棉被清理，多余的桶清理，厨房不用的瓶瓶罐罐清理，客厅不看的、看过不想要的光碟清理，不要的鞋子、袜子、帽子、箱子、盒子、袋子、凳子、镜子等等，统统清理。最后发现，所剩无几，搬家一身轻松，少了折腾。

不持有的生活，活着不被物质所惑。就像金子由纪子《不持有的生活》提到的，超过自己管理能力的物品，不持有；不钟爱的物品，不持有；无法回收利用或转送给他人的物品，不持有；不适合自己，与自己的生活方式不相符的物品，不持有。

不持有的生活，过生活不持有，享受一种简朴、美好、有品质的生活。生命本身就是一个过程，一场体验，最终无所谓拥有，无所谓获取。放下身上多余的物质和包袱，卸下内心膨胀的欲望和虚荣，释放精神压力，轻轻松松前行，简简单单生活，过不持有的生活才是真的。

春天的火车

这注定是一次归期未定的远行。

临行前，我再看了看熟睡的女儿。她突然全身一颤。我对妻子说，女儿单独睡觉会害怕的。孩子刚出生的那几天，我抱着她，她睁着眼睛盯着我，累了慢慢地就入睡了。我刚将她放到摇篮里，她就又醒了，接着就是哇哇大哭。

十多天前，我从外地匆忙赶回家里，刚踏进家门妻子就开始产前阵痛。在此之前，身处异乡的我整天寝食难安，担心孩子预产期前降生。我问妻子，我不在你身边，你会害怕吗？回答时，她显然没有预估到，新生命的降临会给她带来如此极端的疼痛。

但是，孩子知道这一切，她等着我回来了。

不过，我又要离开了。这是我和女儿人生第一次别离。此刻，她正熟睡着，我轻轻地吻了下她通红的脸蛋。我还是惊动她了，她摇了下头，接着又睡了。

她全然不知道发生的这一切。

孩子是要长大的，父母也会老去的。可想而知，将来我和女儿会有一次又一次别离。我害怕想象，女儿长大后目送她渐行渐远的背影时，会是什么情景。

妻子问我，什么时候回来。她内心明明有答案——我是决定不了的。生活的无奈，让我学会了沉默、忍耐，以及隐藏。与其说这是我沉得住气的品性，倒不如说是我性格懦弱的自我保护。

窗外，淅沥沥的春雨穿过朦胧的灯光。妻子推窗将手伸向窗外，试探雨点的大小。月子里的她，原本是卧床休息的，但为了我的这次出行，她却忙里忙外地张罗着，不断地往我行李箱塞东西。

我这一走，不舍得的是女儿，更担心的是产后羸弱的妻子。当我拖着行李箱离开时，内心脆弱的妻子她在想什么呢？我知道，她肯定比我更加难受。我们在一起时，她整天是喋喋不休，唠唠叨叨说个不停。晚上睡觉前，我总要不停地给她说话，她才能入睡。我们在一起，到毕业，再到结婚至今，已经快十年了。我们离开故乡，远离父母，留在大学所在城市安家落户，没有轰轰烈烈的传奇和浪漫，更多的是平淡琐碎的日子。

我不在的日子，妻子肯定是孤单的。大学毕业后，妻子孤身一人去了偏远的乡村任教，路途的艰辛，语言不通造成的交流障碍，内心的苦闷，工作的压力，陪伴她度过了三年孤寂的乡村生活。而我当年，因忙于繁重的工作疏忽对她的照顾，幸运的是，妻子硬逼着自己选调到了城区。

阔别亲人，选择出行，是需要足够勇气的，而更多的是，源于生存的压力，以及残酷的现实。水泄不通的候车大厅，充斥着别离的味道，嘈杂而急促的广播催促着乘客匆忙的脚步。黑压压的长龙里，每一个人内心都有一个无法诉说的秘密，交织在一起汇聚成了滚滚向前的人流。

一对年轻的恋人紧紧拥抱在一起，深情地轻吻着。无奈，最终男孩不得不依依不舍地离开。女孩看着男孩越走越远的背影，最后淹没在人流中。看得出，他们仍然处于如火如荼的热恋中，是什么难言的理由让他们分开呢，他们下一次相聚又会是什么时候呢？

这一幕，让我变得伤感起来，难受得眼睛开始湿润。但理智告诉我，暂且把一切悲伤，所有苦闷统统抛弃，及时准确登上列车。此时此刻，我必须忘记自己是一对父母的孩子，一个女人的丈夫，一个婴儿的父亲。我仅仅是，一个背井离乡的孤独者。

一路向前的火车，慢得就像一个佝偻的老人，伴随着哐当哐当的声音走走停停。火车穿过漆黑的夜晚，途经荒无人烟的旷野，繁华璀璨的城市，奔腾不息的河流，深不可测的隧道，空气污浊的车厢内有人窃窃私语，有人咳嗽不断，有人呼噜起伏……我躺卧在逼仄的卧铺上，用脏兮兮的被褥将自己紧紧裹住，试图以此温暖冰凉的身体，慰藉孤独无助的灵魂，漫漫长夜让我有足够时间回忆过去，思忖未来。

理所当然，我想起了我的故乡，那里有连绵起伏的群山、蜿蜒壮观的梯田、依山就势的土屋、清澈见底的河流、金黄灿烂的庄稼……以及我在这片土地度过的每一段旧时光。还有我的父老乡亲，为了过上更加体面的日子，他们大多数人和我一样背井离乡，踏上驶离故乡的列车，一路向前，从乡村抵达城市。

我想到了我的父母亲，他们不再年轻了，头发花白了。他们，怎么就突然老了呢？我感觉到猝不及防，不知所措。我意识到，自己快到而立之年。我一晃而过苦涩而美好的青春，我年少无知的轻狂，还有丰满的理想以及骨感的现实。我想到，如今重复单调的日子，鸡毛蒜皮的琐事，乱七八糟的关系。

深夜，在一路向前的火车上，我无数次调整自己的睡姿，努力寻找回忆与思考的最佳状态，每一次的翻来覆去，都是那么小心翼翼。

我不得不想到的是，自己还未满月的女儿，还有一想到就心疼的妻子。

我还没有从女儿出生那段惊喜而恐慌，等待而忙碌的日子抽身而出。但事实上，我已经踏上了一趟远离妻子女儿，一路向前的火车，开启一段未知的出行。

生性脆弱的妻子被推进产房的那一刻，我依稀记得，她是孤单而恐惧的。撕心裂肺的疼痛，让一贯温柔而不懂得如何发泄的妻子，时而号啕大哭，时而呻吟抽噎。这让产房外的我，还有她的母亲焦急惶恐，难受到极致。我双手紧握拳头，来回于走道，不知如何是好。与妻子同样脆弱的岳母，因为心痛听到女儿不断的哭声，躲在病房焦虑不安。

产房外，空旷的走廊，晦暗的灯光，安静的护士站进入了寂静的凌晨，没精打采的护士一脸睡意，显然，连日的夜班让她疲惫不堪。时至丑时，突然，一阵阵急促响亮的哭啼打破了安静的深夜，一个新的生命降临了！我看到女儿第一眼时，整个心都要被融化了。

穿过子夜的火车，一路向前，终于迎来了一丝丝曙光。

清晨，一束阳光照射在车厢内，柔软、暖和、温馨。窗外，勃勃生机的初春，绿意盎然，万物生长。一路向前的火车，不经意间开进了充满希望的春天。

一路向前的火车。火车，一路向前。

退步人生

几年前，我的腰开始隐隐作痛，起初没有当回事，直到痛得卧床不起的地步，才意识到自己摊上大事了。我半走半拐去了医院，检查出患的是腰椎间盘突出。医生说，你算是严重的，最好动手术。我提着拍的片子，离开了医院。

当时，我还是一名电视记者，每天扛着十多公斤的摄像机到处跑，既是脑力活又是体力活，病治不好，自己走路都成问题，何况扛着摄像机工作。我焦急地四处打听治病的法子，好几个朋友都说，自己也得过这病，他们有的熬中药吃好了，有的理疗治好了。不过，大部分人都说，这病治不了根，患上了一辈子麻烦。几经周折，我从乡下弄来几副祖传的方子，抓了好几回中药，捏着鼻子喝了不少药，但始终不见效果。

着急无奈的时候，偶然一次，我听说倒退走可以治疗腰椎间盘突出。对方很认真地告诉我，不是一天两天的事，要有思想准备，必须打持久战。我半信半疑，但第二天还是早早地起来，到公园开始倒退走。

深秋的早晨，丝丝的寒意，前夜秋雨吹落的黄叶，把地面覆盖成了一条条厚厚的地毯。早起散步的市民，踩在落叶上，沙沙作响。这是我第一次起得如此早，呼吸着新鲜空气，心情很舒畅。我身子往后倾，脚步慢慢地往后退，简单的动作做得十分笨拙，走着走着，我发现倒退走的人还真不少，不过老年人居多。几天下来，我感觉腰痛得到缓解，便坚信要倒退走下去。

其间，在一次饭桌上，大家聊到晨练的事。有人说，你发现没，公园锻炼的老人，隔一段时间就少了一个。我没明白他的意思，疑惑地看着他，心想老人都去哪里了？

我照常每天早晨到公园倒退走，一边走一边观察锻炼的老人，几个月下来，真的发现有些老人不见了，我四处张望，希望寻找到他们。后来，从散步的老人聊天中才知道，某某老人住进了医院，某某老人卧床不起，某某老人刚刚去世。我听后，心底空落落的，望着树梢上即将掉落的黄叶，内心无限凄凉。

我依然坚持每天早早到公园倒退走，腰的疼痛越来越轻，但心事却越来越重。老人的离去让我很悲观，我老感觉倒退走是盲目的，我们的眼睛不长在后脑勺，你不知道下一秒会发生什么。我一边倒退走，一边老在想，人生就像后退的脚步，一不小心就掉到了坑里，最终是跌跌撞撞退步走到生命的尽头。那些倒退行走的老人，他们一天天老去，而我们每个人都将有那一天。

后来，我离开了自己热爱的媒体，每天过着重复单调的日子，做着鸡毛蒜皮的琐事，想着处好单位杂七杂八的关系。我跟大伙说，离开媒体是自己人生最大的遗憾，我感觉到自己一步步远离当年的梦想，退步行走在人生旅途。大家觉得我脱离了媒体行业的苦海，说的是违心的话，很少人相信。

现在，我不用扛着摄像机四处奔波，腰也慢慢地好了，但倒退走的习惯却一直保持着。两年来，倒退走让我明白，其实人活着，是进步，亦是退步的过程，进和退是相对的，辩证统一的，进和退构成了纷繁复杂的人生，以及芸芸众生。从呱呱落地的婴儿，到落叶归根的老人，人一辈子在进步，也在退步。成长是进步，衰老是退步；开拓是进步，荒废是退步；踌躇满志是进步，随波逐流是退步；功成名就是进步，身败名裂是退步；要是你原地踏步，别人在进步，你也是退步……进步是我们传统的价值观和人生观，但退步人生不是和主流价值背道而驰，而是生命的一种规律，相反，更多的时候退步是为了更好地前进。

人生是有宽度与深度的，有弹性和张力的人生才是丰满和厚重的人生，有进路，更有退路的人生才是完美的人生。有一天，当我们看透了退步人生，就看透人生的高潮低谷，潮起潮落，看透生命中的舍与得、进与退，最终获得另一种辽阔的人生。

在菜市场读懂人生

脏乱差的菜市场，恐怕是蜗居城市的我，坚守美丽乡愁的底线。我喜欢菜市场，源于它表明充斥浓郁的市井气息，骨子里却蕴含乡愁的味道。也许，在这里，我们可以读懂什么叫作人生。

城市高楼大厦的市民，和一身泥巴味道的菜农在菜市场有了交集。每天，这里都会发生一个个鸡毛蒜皮的故事，讨价还价、短斤缺两，这里既给市民提供丰富美食最原始的材料，也牵系着无数平凡人的命运。包子坊、凉拌车、蔬菜摊，放眼望去杂乱无章；油盐酱醋、五谷杂粮、家禽野味，细细数来一应俱全。菜市场，还处处可见喊破嗓子大甩卖的农用车、四肢发达的行乞者、挂羊头卖狗肉的药贩子……从脏兮兮的菜市场，到丰盛美味的餐桌，背后是舌尖上的乡愁中国。

我每天的生活，都从清晨的城南临时菜市场开始。每天反复的动作，让我熟悉了菜市场的每一个角落，以及每一个人熟悉的面孔。菜市场，似乎让身处异乡的我，嗅到乡土的故乡，找到些许久违的温暖。卖肉的刘大爷嘴里一天到晚叼着一根香烟，除了皮肤长得白皙一些，和我们村子里的李屠夫没有两样。菜市场路口的王婆婆，今年已经七十五岁了，卖菜时，她总是从怀里掏出塑料袋的钱包，用舌头舔一舔手指再点钞票，每次看到这个小心翼翼的动作，就让我想起乡下年迈的外婆。卖土鸡蛋的客家王大叔，是凌晨摸黑从山区赶来的，勤劳朴实、热情憨厚，让我看到了故乡父老乡亲的影子。善良纯朴的菜农给烦躁的城市带来了乡间泥土的味道，也带给我美丽的乡愁。

清晨，从乡下赶来的土豆、萝卜、白菜、茄子、南瓜、土鸡蛋、鱼虾、鸡鸭鹅……兴奋得合不上嘴，就像当年进城的我，喜悦让自己按捺不住一路欢声笑语。每天，来自乡间的菜农，依旧是蜷缩在菜市场的角落，在巴掌大块地面上铺上一层蛇皮袋，将自己家的蔬菜、家禽一一摊开，等待着市民苛刻地挑选。

城市就像水里的野草一样疯狂地扩张，所剩无几的田地是菜农唯一的生计。早起的菜农一脸写满了倦意，时不时哈欠连天就是最好的佐证，他们一边要和市民讨价还价，一边还得时刻警惕城管突然袭击。唠叨的城市老太太拿着菜农地面上的蔬菜捣鼓来、捣鼓去，虽然心里早打算买的，但为了压一压价格，却总要或多或少挑出蔬菜一些毛病，要么嫌弃萝卜土豆长得太丑，要么就说茄子豆角太老；要么不喜欢青菜叶子白菜梗虫眼太多，要么就怀疑土鸡蛋是饲料鸡下的。一身香水味的年轻王太太，经过菜市场路口时，不屑一顾地看了看地上歪瓜裂枣的蔬菜，从她嘴里嘀咕的样子看得出，她对菜农堵住菜市场路口十分不满。要知道，她要的是菜摊上长得标致的外地蔬菜。

菜贩子摊铺上的蔬菜长得着实惹人喜爱，大个头的土豆、红彤彤的西红柿、葱绿的小白菜、长长的豆角、精致的小豌豆，他们来自四面八方，一身干干净净、整整齐齐摆在那儿，它们被打上了绿色无公害的标签。然而，华美富丽的背后，往往暗藏着肮脏和丑陋，以及一个个不可告人的秘密。

一天天长大的城市，让地地道道的菜农一夜间摇身一变成了市民，这是种了几辈子菜的农民做梦也没想到的。突然，有一天，大型挖掘机、推土机、大卡车，轰轰烈烈开进了城南的临时菜市场，会吃人的机械，一会儿工夫就让菜市场变成废墟。听说，不远处的高楼大厦地下室将建设一个高标准的菜市场。

我几次梦见自己，用双手奋力抓住消失在城市的美丽乡愁，但每次面对我的都是一片废墟的菜市场。

深夜，我被惊醒，想起远方的故乡，辗转反侧。

一个人走投无路的时候，请到菜市场走一走。

在这里，也许我们可以读懂什么叫作人生。

好久不见

一

电视剧《好久不见》讲述的是花朵朵与贺言误打误撞相识，从水火不容到共同创业，再到彼此许诺的故事。

不说过去，不言未来。一句"好久不见"，寒暄的背后，是内心的无奈和心酸。

《好久不见》最早是陈奕迅演唱的一首歌曲，描述的是期待陌生又熟悉的彼此重逢。后来，这首歌用作《失恋33天》《何以笙箫默》等影视剧的插曲。

好久不见，意味深长，耐人寻味，它是人与人之间复杂的关系，更是情与情之间微妙的联系。

二

"如果哪一天别人说，我牺牲了，你千万不要相信，无论如何，你要等着我。革命成功了，我一定会回家。"这是新婚后第三天，丈夫李才莲留给妻子池煜华一辈子的情话。

中国赣南，兴国县一个叫作茶园的小镇，见证了这个旷古传奇的爱情故事。

一辈子的生死之爱，七十年的守望。池煜华拿着丈夫留给她的唯一信物老镜子，梳妆打扮，每天在百年老屋前倚门守望丈夫归来。她执着地认定丈夫仍活在世上，这一等就是七十二年。

寻遍千山，望穿秋水。池煜华，她最终化为红土地的"望夫石"。

我们都说，好久不见，但不是想再见，都能再见。好久不见，有生与死的挣扎，舍与得的纠结，喜与悲的交集。

朴树的《那些花儿》应该就是最好的诠释吧！今天我们已经离去，在人海茫茫。她们都老了吧，她们在哪里呀！

五百年前的一次回眸，只换来今生的一次擦肩而过。或许，这是说缘分与相见最美丽的注解。

不管是《致我们终将逝去的青春》，当爱再次说再见，光阴易逝终一别，还是《匆匆那年》无处安放的末路青春，十五年后再见，还是《芳华》火红的年代，青春之殇。

我们约定，非诚勿扰，不见不散。

不再见，何来散？而再见又如何？天下没有不散的宴席。

我们都说，好久不见。其实，往往是后会无期。

三

我听说过这样一个故事。大意是，偶然地在同一个城市遇见了同桌的他，一个曾经的纨绔子弟，变成了超级富翁。他侃侃而谈自己如何发家致富，满身充斥着铜臭味。不过，他哪怕再成功，同学打心底还是不屑一顾。归根结底是，学生时代顽固的他，伤害了大家。当年，有人甚至说，这辈子都不想见他。

直到有一天，他突然因一场车祸不幸离去。葬礼上，看着安然入睡的他，大家才意识到，这个世界上，没有什么，比死亡和离别更加沉重的。

死，是一个必然会降临的节日。人与人，见一面，少一面，也许说再见，真的就是再见了。你无法想象，某一次的好久不见，竟然是一辈子的永别。

我们都说，好久不见。其实，往往是后会无期。

这样说来，抬头不见低头见是一种幸福。不过，我们往往将其当作一种尴尬和无奈。来日方长是一种推辞；老死不相往来，就更是一种极端了。

好久不见，延伸的意境是悲欢离合。

这让我想到，每年滚滚向前的春运，它当之无愧是人类最为壮观的迁徙。一个一个渐行渐远的背影，慢慢地淹没在人流中。

再见。好久不见。两者天生就是一对孪生兄妹。

芸芸众生中，相见和再见每天都在发生。是什么难言的理由，让彼此分开，下一次相聚，又会是什么时候呢？

我们都说，好久不见。其实，往往是后会无期。

四

我一个高中老师，上世纪90年代毕业于名牌大学。作为当年时代的佼佼者，他义无反顾地回到了家乡，当起了一名普通的教书匠。

他婉言谢绝了无数次离开县城升迁的机会。他的同班同学，不少留在北京，官高至省部级，不少漂洋过海，移居异国他乡。

和我一样，很多人心中都有一个疑问，他这是为什么？

老师指着镌刻在自己办公桌的六个字：父母在，不远游。我宁愿相信，这六个字已经永远刻在了他的心里。

父母在，不远游。或许，这是孝道最原始而朴素的表达。

然而，伴随着时代的发展，经济的全球化，即便有万分不舍，又有多少孩子留在自己父母身边呢？

儿女，在一次次离别中成长。父母，在一次次再见中老去。

"所谓父女母子一场，只不过意味着，你和他的缘分就是今生今世不断地在目送他的背影渐行渐远。"当我们一次次目送父母羸弱的背影，深深地凝望，他们已经突然老去，每当此时，我们都不禁热泪盈眶。

对父母而言，孩子在哪里，哪里就是家。对儿女而言，父母在，人生尚有来处，父母去，人生只剩归途。

我们不会和父母说，好久不见。但，陪伴是最大的孝道。

我们都无法预料，哪一次和父母相见，是永远的诀别。

熟悉的那一条街

只是没了你的画面

我们回不到那天

你会不会忽然地出现

在街角的咖啡店

我会带着笑脸，挥手寒暄

和你坐着聊聊天

我多么想和你见一面

看看你最近改变

不再去说从前，只是寒暄

对你说一句，只是说一句

好久不见

我们都说，好久不见。其实，往往是后会无期。但是，我们不必惊慌失措，也不必暗自神伤。因为，我们依然每天看着太阳照常升起，我们依然活着。

活着，就有再见的希望。

因为，春暖花开，万物生长。

后记

　　我们永远无法预知明天将会发生什么。比如，庚子年初，我们没有预料会有疫情蔓延，病毒肆虐。这场旷日持久的疫情影响和改变了无数人的命运，还有很多人不幸离开了。我母亲也在疫情期间走了。虽然她不是感染了新冠肺炎，但是没有这场疫情的话，她完全可以得到更好的救治。也许，她还好好地活着。这些毫无意义的假设，只能让我活得更加痛苦。

　　毫无疑问，过去的三十余年，没有哪一年比今年更加让我刻骨铭心。我没有预料到我母亲年初会突然离开，也没有预料到自己第二个孩子将在年底降临，更没有预料到会有《身体里的石头》这部散文集。可惜，我母亲看不到我二孩降生，也看不到这本书。

　　我骨子里热衷于写作，文字带给我的存在感和满足感远远超过生活其他元素的总和。但我往往羞于和别人谈论文学，羞于让别人知道我是一个写作爱好者。当别人当面赞美我的作品时，我都会有意岔开话题；当别人抬举我是一个作家时，我恨不得马上找一个地缝钻进去。因为，我对文学充满了野心，而更多的时候是没有信心。

　　写作是一种孤独的体验，但文学的道路并不寂寞。在东莞写作的"永新"少年齐林兄，他是一位才华横溢的作家，在他的鼓励下，我有了继续写下去的勇气。"90后"的宝光兄，文字的老到远远超出他的年龄。我们虽然见面不多，但他对我帮助很大。我大学同学邓小川，他是一位思想深邃的诗人，常常在我孤独无助时给予我帮助。我高中挚友唐诗人，是中山大学文学博士、暨南大学文学院博士后，已成为青年评论家。我原来电视台工作的同事郭龙兄，每次写完作品我都发给他看，他总是不厌其烦写一堆点评，我感觉他和唐诗人一样更适合做一名优秀的评论家。感谢我温柔贤惠的妻子，感谢她的包容和支持。还有我现在工作的医院很多同事，他们一直关注我的作品……

现在，我终于顿悟，写作最终较量的不是才华和技巧，而是写作者的世界观、价值观和人生观。我们的精神和信仰，我们的涵养和品质，决定了我们作品的深度和高度。

十五年前，我在张洁长篇小说《无字》的扉页写下：固守文学的孤独和寂寞，守护心灵的宁静和安详。这些年，这本书一直放在我创作的电脑旁边，时刻伴随并激励着我。

我忘记了束发之年的我，是在何种心境下写下这样一句话。但幸运的是，我还是当年那个少年，并将永远是那个少年……

欧阳国

2020年11月于江西吉安